東歌・防人歌

Azumauta,Sakimoriuta

近藤信義

コレクション日本歌人選022
Collected Works of Japanese Poets

笠間書院

『東歌・防人歌』——目次

【東歌】

凡例

一、本書には、万葉集東歌三十六首と防人歌十四首、計五十首を載せた。
一、本書は、東歌の表現の特色、防人歌の出身国別の表現の特色に重点をおいた。
一、本書は、次の項目からなる。「作品本文」「出典」「国名」「防人名」「口語訳（大意）」「鑑賞」「脚注」・「東歌・防人歌の作者達」「東国地図（含東山道・東海道宿駅）」「筆者解説」「読書案内」「付録エッセイ」。
一、作品本文は、主として中西進『万葉集全訳注』（講談社）・多田一臣『万葉集全解』（筑摩書房）を参考にし、適宜読みやすくした。
一、鑑賞は、一首につき見開き二ページを当てた。
一、「鑑賞」「解説」文中の巻数・歌番号表記は、「⑭三三四八」（例）とした。
一、「付録エッセイ」は、長篇の論考であるが、本書の性格に合わせて省略した部分もあるので、（抄）とした。又ルビは改めて多く施し、読み易さを図った。

東歌・防人歌

東歌《あずまうた》

01

なつそびく海上潟《うなかみがた》の沖《おき》つ洲《す》に船は留《とど》めむさ夜《よ》更《ふ》けにけり

【出典】万葉集・東歌・三三四八

（なつそびく）海上潟《うなかみがた》の沖の洲《す》に船を停《とど》めよう。夜はすっかり更《ふ》けてしまったことだ。

東歌《あずまうた》の巻の最初の歌。人々に親しまれた歌なのであろう。実になめらかな口調である。我々が東歌への入り口に立って、これからの歌への気構《きがま》えを調《ととの》える必要に迫られるような思いがする。

今までもこの歌は東国人《とうごくじん》の作ではなく、都《みやこ》の人《ひと》が地方に下《くだ》って詠《よ》んだ歌であろうとか、平城《なら》の京に上《のぼ》った人が歌を学んで作ったのであろうとか、種々の説を生んでいる。

【国名】上総《かみつふさ》（かづさとも）の国の歌

【語釈】○上総の国―現千葉県の房総半島の中央部。○なつそびく―枕詞。夏に採取した麻を績《う》む（糸状につなぐ）作業を意味し、同音ウナカミの「ウ」を呼び出上総の国の「海上潟《うなかみがた》」は現在の千葉県市原市養老《ようろう》川の河口付近であって、停泊《ていはく》するのに都合《つごう》のよい洲《す》があったのであろう。この船が官船《かんせん》か、商用船か不明だが、当時の上総の国府《こくふ》（地方政治の中心地）はこの市原市にあり、船の目的地の一つであることは確かである。現東京湾の最深部にまでたどりつき最後の停泊《ていはく》という安堵《あんど》感がこの歌に表れていると思ってもよいであろう。

旅人である歌い手が、航海を共にしてきた仲間へか、あるいは部下の船人《ふなびと》へか、船旅《ふなたび》の終わりを伝えているのである。五句の「さ夜更けにけり」は荒々しい船旅にしてはいかにも優《やさ》しげで整った言葉づかいである。

ところで、万葉集巻七に次のような＊類歌《るいか》がある。

なつそびく海上潟《うなかみがた》の沖つ洲に鳥《とり》はすだけど君《きみ》は音《おと》もせず　（⑦一一七六）

＊上《かみ》の三句の太字は全く同じである。下《しも》の二句は「鳥は騒いでいるけれど、あなたはなんの便りもない」の意味で、歌い手は陸《りく》にあって詠んでいるようである。上の三句はこの土地ではくり返し歌われていた、つまり代表的な歌詞なのであろう。下の二句をとり替《か》えればたちまち一首の歌が出来上がる。即興的に歌を作るときの技の一つが見出せる。

す。○沖つ洲―船が停泊できる沖の浅瀬。

＊類歌―解説参照。

＊上の三句―一首の和歌の意味の切れ目を境に上の句・下の句と呼ぶ習わし。

02

葛飾《かづしか》の真間《まま》の浦《うら》まを漕《こ》ぐ船《ふね》の船《ふな》びと騒《さわ》く波《なみ》立つらしも

【出典】万葉集・東歌・三三四九

葛飾の真間の浦のあたりを漕いで行く船の、船人の動きが激しい。どうやら波が立ち始めているらしいよ。

この歌は詠《よ》み手《て》の目に見えている景色ではない。真間《まま》の浦のあたりを通過して行く船からあわただしい人の声が聞こえてくることから、きっと海が荒れ始めたからだろうと、人の声から推理しているのである。「波立つらしも」の「らし」は根拠のはっきりしている場合に用いられる推量の助動詞である。船上《せんじょう》では風や波が高まって緊張している。にもかかわらず、歌い手は第三者的でどこか余裕がある。

【国名】下総《しもつふさ》（しもふさとも）の国の歌

【語釈】○下総の国―現千葉県東部。○葛飾の真間の―葛飾は江戸川の河口付近で、千葉県、東京都、埼玉県にわたっていた。現在の千葉県市川市に真間《まま》の地名があ下総の国は現千葉県の東部に当たり、国府《こくふ》は江戸川の河口《かこう》近くで、現在国府台《こうのだい》とよぶ地名が残っている。「葛飾の真間の浦」はこの江戸川の河口付近で国府《こくふ》の周辺を構成する港であった。港には諸国からの海船《かいせん》が集まり、江戸川を遡《さかのぼ》る川船《かわぶね》との接点でもあり、物資の集積地として賑《にぎ》わう条件を持っていた。

港は諸国の人の出入りと共に、さまざまな文化の接点でもある。海の道は歌の道ということを教えてくれる歌でもある。

それというのも、先の01と同様に類歌を見いだすことができるからである。

風早《かざはや》の三穂《みほ》の浦《うら》みを漕ぐ船《ふね》の船人《ふなびと》さわく波《なみ》立つらしも　（⑦一二二八）

一、二句の地名部分を取り替えただけの歌である。しかも「風早の三穂」は類似の地名が広島県豊田《とよた》郡安芸津《あきつ》町（⑮三六一五）、和歌山県日高《ひたか》郡美浜《みはま》町（③四三四）などにあり特定することができない。いずれも港湾《こうわん》である。つまり特定する必要もないのであろう。海の道伝《づた》いにもたらされた歌と考えればよいのであって、その地の地名を歌詞にすればその地の歌に変身する。それほどまでに人々に好まれていた歌ということなのであろう。

る。ママとは崖状の地形を指す。○浦ま—浦みの東国表現か。ま・みは湾、浦、入り江などの曲線的地形を指す。

03

筑波嶺《つくはね》の新桑繭《にひぐはまよ》の衣《きぬ》はあれど君《きみ》が御衣《みけし》しあやに着《き》欲《ほ》しも

【出典】万葉集・東歌・三三五〇

筑波の山の神に捧げる新作の絹の布はあるけれど、私は
あなたのお召しになる衣《ころも》が、めっちゃ着たいよ。

常陸*の国は筑波山で代表される。その山麓《さんろく》一帯は奈良時代以来、養蚕《ようさん》業が盛んとなった。そのような生産生活を背景にしている。

この歌を単純化すると、A「筑波嶺の新桑繭の衣」があるのは分かっているけれど、私はB「君が御衣」が欲しい、というもの。

AもBも手に入れにくいものが対象だが、とりわけAは格別の品であることを表している。するとAの「新桑繭の衣」とは何んだろう。

【国名】常陸《ひたち》の国の歌

【語釈】○筑波嶺―筑波山。男体山（八七〇メートル）女体山（八七六メートル）の二峯からなる。○新桑繭の衣―新作の絹布の生産過程を表す表現。「新桑繭」は、a「新桑」（春に萌え出た柔らかな桑で育っ

筑波の山が男神《おのかみ》（男体山）と女神《めのかみ》（女体山）の坐《いま》す山として、土地の人々の信仰を集めていたことは『*常陸国《ひたちのくに》風土記《ふどき》』に語られている。また富士山と*神祖《みおやのかみ》をめぐる争いの伝承、あるいは*春秋の歌垣《うたがき》の伝承などがある。これらの伝承の根底《こんてい》には、筑波の山への人々の誇りと愛着が示されているのである。

日本の各地の祭りに見られることではあるが、敬愛《けいあい》する神々には、季節ごとにその土地から産出するもっとも早い収穫物を供《そな》える。穀物の場合なら早《わ》稲《せ》とよぶ米などはその典型である。こうしたありかたを見れば、「筑波嶺《つくばね》の新桑繭《にひぐはまゆ》の衣《きぬ》」は筑波の神に捧げるための衣（新しい絹の衣）と見るのが自然であろう。したがってAは高貴そのものの存在である。

ところでこの歌い手はBを望んでいる。ここがこの歌のポイントとなる。「君《きみ》」は女性から男性を指す場合の用語であるが、ここではどうやら身分違いの男性を思い描いているような雰囲気《ふんいき》である。しかもその「君」は土地の人ならそれと知られる人気者であって、その男性の「衣」を望んでいる、つまり恋人になりたいのだ。

するとこの歌は個人的な気持のようでありながら、実は土地の女性が共有する憧《あこが》れを歌っていることになる。

た繭）説。b「桑繭＝野蚕」（新しい野蚕）説。c「新繭」（新しい繭玉）説などがある。aの理解が自然。

＊常陸の国—茨城県。国府は現石岡市。

＊常陸国風土記—奈良時代の初め、諸国に命じて作らせた物産・地誌・地名起源などの報告書。現存する五ヵ国の風土記の中の一つ。

＊神祖をめぐる争い—大年の夜の客を拒否した富士と接待した筑波の神の話である。

＊春秋の歌垣—人々が山に集まって歌を掛け合って遊ぶ習俗。

04

筑《つく》波《は》嶺《ね》に雪かも降《ふ》らる否《いな》をかも愛《かな》しき児《こ》ろが布《にの》乾《ほ》さるかも

【出典】万葉集・東歌・三三五一

筑波の山に雪かなぁ降っているのは。いやいやそうではないなぁ、愛しいあの子が布を干しているのかなぁ……。

東歌には民謡があるとかねてから言われているが、そのことを印象づける一首である。筑波の山に白く見えるものが雪なのだろうか、布なのだろうかと見紛《みまご》う様子を楽しげに歌っている。民謡という目でみれば、多くの人が共同作業をしながら、歌っていると考えるのが自然であろう。すると「愛しき児ろが布乾さるかも」の歌詞がその作業の中心、つまり愛《いと》しく思っているあの娘の、布を陽に晒《さら》す作業がかわいいものとして歌っているのである。

【国名】常陸《ひたち》の国の歌

【語釈】○雪かも降らる―「かも」は万葉集の特徴的な助詞の一つで、強い疑問を表す故に詠嘆の気持ちが加わる。「雪降らるかも」と理解するのが普通だが、ここでは「雪」そのものへの強い今までも、山の雪を主体として見る説、干《ほ》した布を主体として見る説があり、受けとる人の意見の分かれるところであった。

平安時代の貴族達が好んで歌った「*風俗歌《ふぞくか》」の中に次のような歌がある。

甲斐《かひ》が嶺《ね》に　白きは雪かや　いなをさの
甲斐《かひ》の褻衣《けごろも》や　晒《さら》す手作《てづく》りや　晒す手作り

［甲斐の山に白く見えるのは雪かいな、いやいやあれは、甲斐の人々の普段着さ、妹《いも》が晒している手作り布さ……］

まったくモチーフのよく似《に》た歌といえるが、風俗歌の歌の内容は身近な女達の生産している晒し布、それが褻衣《けごろも》（普段着）であることを率直に歌っている。いかにもその土地の生活実感が表されていて分かりやすい。

比べてみるとこの東歌の方が山の白か、布の白かと、「謎々《なぞ》」のような表わし方で解きにくく思われるが、意味の方向は風俗歌と変わらない。

地名を入れ代《か》えればどこの地方の歌としても通用しそうだ。どちらの歌にも、楽器や旋律などの音楽的要素が想像されて楽しい。

疑問の表現を尊重してみたい。○方言—降らる（降レル）○愛しき児ろ—カナシは東歌に特徴的な語。胸がキュンとなるような愛おしさを表す。「ろ」はラの東国方言。○方言—布乾さる（ヌノホセル）。

*風俗歌—平安時代の貴族の間で流行した、くにぶり（地方風）の歌謡。

05

信濃《しなの》なる須我《すが》の荒野《あらの》にほととぎす鳴く声《こゑ》聞けば時《とき》すぎにけり

【出典】万葉集・東歌・三三五二

信濃の須我の荒野にあって、ほととぎすの鳴き声を聞いていると、「トキスギニケリ」と聞こえるよ。約束の時が過ぎてしまったことよ。

鳥の鳴き声は季節の訪《おとず》れを告《つ》げる。ホトトギスは初夏《しょか》の頃日本にやってくる渡り鳥だ。この鳥が鳴き始めるとすさまじい。夜も昼も鳴き声がけたたましく追い払おうとしても容易には飛び去らない。

この歌は初めから四句まではきわめて説明的で分かり易《やす》い。しかし、第五句で突然謎がかけられたようになっている。つまりホトトギスの鳴き声が「トキスギニケリ」という聞きなしとなっているからだ。

【題詞】信濃《しなの》の国の歌

【語釈】○信濃―長野県。国府は初期には現上田市に置かれていたが後に松本市へ移った。○須我の荒野―上田市の菅平付近か。旅人は亘理《わたり》（現上田）の駅から東山道を離れて支道に入り上鳥の鳴き声のとらえ方には、いわゆる聞き写しと聞きなしがある。雀は「チュンチュン」、鳩は「ポッポッポ」、鶏は「コケコッコー」は聞き写し(擬声語《ぎせいご》)の代表的な例である。例えばカラスの場合「カーカー」は聞き写しであるが、童謡*に歌われている「カラスなぜ鳴くの……可愛い可愛いと鳴くんだよ」の「カワイカワイ」は、カラスの鳴き声とともに意味が加わっている。これが聞きなしである。これは他の動物や自然現象などにも多くの例を見つけることができ、日本語の特徴の一つであると言われている。

ホトトギスは伝説の多い鳥である。それに伴って聞きなしも多い。よく知られているのは「テッペンカケタカ」、「ホンゾンカケタカ」、「オトトノノドキッタ」などなどある。どれも伝説的な物語や、昔話、民話に登場する。

この歌の旅人《たびびと》は「トキスギニケリ」と聞きなしてしまった。すると旅人にとっての「時」は何を意味することになるのだろう。何故「トキスギニケリ」と聞いてしまったのだろう。深層心理《しんそうしんり》の解明にまで問題が発展しそうな謎の「時」となっている。

野(群馬県)へ抜けるコースを取ったか。

*童謡—烏《からす》なぜ啼くの 烏は山に かわいい七つの子があるからよ。かわいかわいと 烏は啼くの かわいかわいと啼くんだよ。山の古巣にいって見て御覧《ごらん》 丸い眼をしたいい子だよ。(「七つの子」野口《のぐち》雨情《うじょう》作詞)

06

さ寝《ぬ》らくは玉《たま》の緒《を》ばかり恋《こ》ふらくは富士《ふじ》の高嶺《たかね》の鳴沢《なるさは》のごと

【出典】万葉集・東歌・三三五八

共寝をしたのはほんのちょっぴり。離れて恋しく思うのは、富士の高嶺の鳴沢のように止むこともなく激しいよ。

富士山は東海・関東・甲州のどこからでも見えるのだが、東歌・防人歌ともに駿河《するが》の国の歌となっている。富士は駿河の山なのだ。

歌の構成を見るとAは何々、Bは何々と数《かぞ》え歌のような作り方をしている。集団で歌う場で鍛《きた》えられた手法なのだろう。

この歌には二首の*或本歌《あるほんのうた》が記されており、その手法が似ている。恋しいのに会えないことを嘆いている歌だ。

【国名】駿河《するが》の国の歌

【語釈】○駿河の国—現静岡県は、伊豆・駿河・遠江の三国に分かれていた。○さ寝らく・恋ふらく—動詞を名詞化するク語法。○玉の緒—首の飾り（ネックレス）、玉の穴を緒（紐）で

a　ま愛《かな》しみ寝《ぬ》らくはしけらく　さ鳴《な》らくは伊《い》豆《づ》の高嶺《たかね》の鳴沢《なるさは》なすよ

［めちゃ可愛いので寝《ね》ることは寝《ね》たけれど、（そしたら）その噂が響くことといったら伊豆の高嶺の岩崩れの音のようだよ。］

b　逢《あ》へらくは玉の緒《を》しけや　恋《こ》ふらくは富士の高嶺《たかね》に降る雪なすも

［逢うことができるのは玉の緒のように短いよ、悶々《もんもん》と恋していることは富士の高嶺に降る雪のように長いよ。］

aの「伊豆の高嶺の鳴沢」は富士山とは違う伊豆の山なのだろうが特定が難しい。しかし、山名を入れ替えるだけで伊豆の国の歌となって歌われていたことがわかる。bは五句目を入れ替えただけで、趣《おもむき》が変わって楽しめる。

この三首が地域的にはそれほど離れてはいないながら、別々の歌として歌われていたものを、集めてみると類似《るいじ》であることに東歌の編集者が気がついた。それ故に「或本（別の資料による）」という扱《あつか》いをしたものである。編集者の驚きの声が聞こえてくるような思いがする。

それにしてもb「富士の高嶺に降る雪」のフレーズは、昭和三十年代の流行歌「*お座敷小唄《ざしきこうた》」にも歌われていた。時代を越えて甦《よみがえ》ってくる伝承の詞句《しく》の強さに改めて感じ入ってしまう。

通すがその緒の間隔が短いことが比喩として用いられている。○鳴沢─岩石が沢に崩落しつづける状態を表す、と解する説と、渓谷の沢が轟き流れるとする解がある。

*或本歌─万葉集の編纂に際して資料となった歌集。

*お座敷小唄─歌詞の初めが「富士の高嶺に降る雪も」から始まる。

07

足柄《あしがり》の箱根《はこね》の嶺《ね》ろのにこ草の花《はな》つ妻《つま》なれや紐解《ひもと》かず寝《ね》む

【出典】万葉集・東歌・三三七〇

足柄の箱根の山のにこ草のようなかわいい花妻なのかなあ、あの子は。目で愛するだけにして、紐も解かずに添《そ》い寝をしよう。

歌の構造は上の三句が*序詞《じょことば》、下の二句が本旨《ほんし》となっており、この場合序詞が下の句の比喩となっている。

序詞の働きは重要で、この地域の人々ならば誰しもが理解しているという共有感覚がある。箱根の山の中にある「にこ草」は、下の句に「花」とあるから、花芽《はなめ》を持つ草が想像されるのだが、どのような植物なのか今となってはかつて共有していた認識が失われている。

【国名】相模《さがむ》の国の歌

【語釈】○相模の国―現神奈川県の大部分。国府は高座郡海老名《えびな》市付近。○足柄の箱根の嶺ろ―足柄下郡箱根町を取り囲む山々。○にこ草―巻十六に「和草」の用字例があるところから、柔この歌は誰に向けられているかを想定することで、ずいぶん雰囲気が変わってくる。たとえば、直接向き合っている〈女性〉とすると、「(お前は)花つ妻とでも言うのか、それならば紐解《ひもと》かず寝ようが、そんなわけではないのだから……」といって相手に迫る気持ちが出てくる。

一方、心の中に描いている「にこ草」のような花芽の幼い〈少女〉とすると、まだ手を触れることが憚《はばか》られるような愛《いと》おしい気持ちを表す。

歌が集団的な場に支えられているという条件で考えてみるとき、ヒロインはそこに集まっている人なら誰しも想像できる美少女である可能性がある。話題となっている高嶺《たかね》の花のような存在を集団で共有しながら、歌の中で楽しんでいる雰囲気が醸《かも》し出されてくる。

あるいは、手に触れがたい〈少女《おとめ》〉という連想から、神に仕《つか》える巫女《ふじょ》のような少女が想定されることもあるだろう。

結局、誰に向けられているのか、あいまいな歌になってしまうが、実は集団に支えられている歌というものは、よそ者にとってはあいまいな理解しか出来ないというのがその本質なのではないだろうか。そうしたことを思い知らされる歌である。

らかな草の意であろう。ニコ（にこやか）・ニキ（にきはだ）などに通じる。特定の植物名「ハコネシダ」説、萩説、苔説などもある。○花つ妻なれや―「花つ妻」（花妻）は目で楽しむだけの美しい存在を意味する。「や」は強い反語的疑問を表す。

＊序詞と本旨―歌の構造上の用語。意味の中心が本旨。本旨を導いてくる部分が序詞。

08

多摩川《たまがは》にさらす手作《てづく》りさらさらになにそこの児《こ》のここだ愛《かな》しき

【出典】万葉集・東歌・三三七三

多摩川に晒《さら》す手作り布をさらさら流していると、さらにさらになんだってこの子がこんなにも胸にきゅんとくるのか。

【国名】武蔵《むさし》の国の歌

【語釈】○武蔵の国―東京都と埼玉県の一部を含む。国府は現府中市にあった。○多摩川―武蔵の国の代表的な河川。現在は神奈川県との県境となっているが古代では下流（現川崎市）は武

歌の構造は序詞と本旨で構成されているが、序詞から本旨へと転換する部分が同音をきっかけにしているという方法が見られる。（次頁の図示参照）

多摩川は豊かな川で漁労《ぎょろう》・水運が発達し、流域は麻《あさ》の生産地であった。現府中市はかつての国府の所在地で、その下流の「調布《ちょうふ》」は律令時代に「調《*ちょう》」となる「布」（麻布《あさぬの》）の集積地であった。多摩川には調布とつく地名が上流下流にいくつかある。これらの運搬に多摩川が利用されていたのである。

麻の栽培は夏から秋にかけてで、その生長は速い。三メートル近くほどの茎を剝《む》いて繊維《せんい》を取る。これを機《はた》にかけて布を織《お》るのだが繊維が強いために粗密《そみつ》ができる。その布地を均一に、柔軟に、より白くするために布を川に流して晒《さら》しの作業をくり返すのである。

麻布の生産にはいくつもの工程があるが、晒しは最終的な作業である。おそらくその時期には多摩川の風物詩ともいえる光景が上下流に展開していたことであろう。そうした光景を背景にした作業歌と思える。集団的な状況を考えると、上の三句に対して、下の二句はいくつも替え歌の歌詞が付きそうである。実際いくつもあったのであろう。そうした中で人々にもっとも好まれた歌詞がこの歌なのであろう。

この歌の魅力は歌に流れる音のさわやかさである。川の流れと布晒《ぬのさら》しの作業音が一体となり、同音を利用して本旨へ転換し恋の歌声となっている。

多摩川にさらす手作り（序）さらさらになにそこの児のここだ愛しき（本旨）

傍線が二重になる部分が擬音《ぎおん》から意味ある語への転換部である。

蔵国であった。〇さらさらに―更に更に、の意。〇愛しき―「カナシ」はいとおしさを表す、東国人の独特の感性がある。

＊調―律令時代の租庸調《そようちょう》、奈良時代に制定された三つの税の一つ。

09

足《あ》の音《おと》せず行《ゆ》かむ駒《こま》もが葛飾《かづしか》の真間《まま》の継《つ》ぎ橋《はし》止《や》まず通《かよ》はむ

【出典】万葉集・東歌・三三八七

音もしないで歩む駒がほしいなぁ。そうしたらその駒で葛飾の真間の継ぎ橋を手児奈のもとへ、一日も欠かさずに通おうものを。

下総の国の歌はこれを含めて四首あるが、全て話題は真間《まま》の手児名《てこな》である。真間の港に名高い美女伝説は、高橋虫麻呂《むしまろ》*、山部赤人《やまべのあかひと》*という歌の名手がその伝説を詠んだことによって、都にも広まったのだった。その手児奈伝説*はおよそ次のようである。

昔、ここ葛飾に真間の手児奈と呼ばれた美女がいた。その可愛らしさといったら沓《くつ》も履《は》かず、髪には櫛《くし》も入れず、粗末ななりをしているのに、

【国名】下総《しもつふさ》の国の歌

【語釈】○下総の国―02に既出。○葛飾の真間の継ぎ橋―千葉県市川市真間に手児奈伝説を伝える弘法寺があり、その階段下の石橋にその名を留めている。

*真間の手児名―真間の地の

どんな上等の衣を着て大切にされているお姫様でも比べものにならない。明るくきらきらした姿で立っているだけで、男達はまるで夏虫が火に飛び込むように吸い寄せられて、結婚しようと言い寄ってしまう。だが、そんな生き方がいつまで続こうものか、あるとき我が身の行く末を知ってのことか、海に身を投げてしまった。今はそのお墓が残るだけだ。

真間の港ではこの伝説の少女がいつも話題に上《のぼ》っていたようである。この歌の詠み手も虫麻呂や赤人と同じように、この地を訪れた旅人であって、この伝説への憧れを抱きながらの詠作と思われる。伝説の持つ力をみる思いがする。

継《つ》ぎ橋は文字通り橋板《はしいた》を杭《くい》でつないだ細く危うげな橋である。作者はこの橋が手児奈への通い道と考え、多くの男達がこの道を通っていったであろうことを想像しつつ、自分も昔の男達と同じように、くり返し渡ってみたいという気持を表わしている。「橋」は一つの境界の標《しる》しであるから、これを渡ることで恋の世界へ身を投じることを暗示しているのである。

恋の通い路に足音もしない「駒」を願望している口ぶりに、貴人の立場をほのめかしている。「継ぎ橋」は今もその名をとどめている。

伝説的な美少女。

＊高橋虫麻呂―奈良時代天平四年（七三二）の作歌があるが、詳細不明。伝説に取材した歌が多い。

＊山部赤人―奈良時代神亀元年（七二四）から天平八年（七三六）にかけて作歌が確認できるが、詳細未詳。

＊手児奈伝説―高橋虫麻呂歌集歌（⑨一八〇七、〇八）・山部赤人（④四三一～三）らが詠んでいる。

10

筑《つく》波《は》嶺《ね》のをてもこのもに守《もり》部《べ》する母《は》ゝい守《も》れども魂《たま》そ合《あ》ひにける

【出典】万葉集・東歌・三三九三

筑波の山のあっちにもこっちにも母さんが守部（見張り）をすえて監視していても、あの人と私はとっくに魂《たましい》が合ってしまっているのよ。

東歌の中には恋人と逢《あ》い難《がた》いことを嘆《なげ》く歌が数多くある一方で、出合いを願望する歌も多い。これらの恋愛歌を読んでゆくと、そこには男女間にいろいろ障碍《しょうがい》となるものがあったことが判ってくる。恋を邪魔《じゃま》立てするものが多いのである。この歌では、娘は「母」によって監視されている状態にあることが歌われている。これも娘にとっては大きな邪魔立てである。母親は娘がどこかの男と顔見知りの仲になっていることを察知したのであ

【国名】常陸《ひたち》の国の歌

【語釈】○をてもこのも―ヲチ（あっち）・コチ（こっち）が原型。それらにオモ（面）が付され、かつ省略された語。○常陸の国―既出03。○母い守れ―イは意味を強める働きをする。万葉集の

ろう。そこで母親は「守部《もりべ》」（監視役）を道の要所に据《す》え、男の通ってくることをくい止めようとしているのである。母親の強権発動だ。しかし、そのような困難があっても恋人と「魂」が合ってしまった、と歌う。娘の立場の歌である。次の歌も同じ考えが歌われている。

魂合《たまあ》はば相寝《あひね》むものを小山田《をやまだ》の鹿猪田《ししだ》守《も》るごと母し守《も》らすも

（⑫三〇〇〇）

〈魂が合ったなら共寝《ともね》できるものを。山の田の獣が荒らす田を番するように母は私を厳重に守りなさるよ。〉

「魂」が合うとは目に見えないところで心が通じ合っていること、即ちお互いが「夢」の中で逢っている、ということなのである。恋人同士にはそれなりにルールがある。逢えないときには夢を見合うのもその一つである。思いが深ければ相手の夢に現れるという信じ方があった。夢の中の出合いが恋人同士の救いとなっているのである。そして母への反抗心が潜《ひそ》んでいるところも見逃せないところだ。

中の母は娘にとって保護者であると同時に監視者、監督者として歌われている。

11

信濃道《しなのぢ》は今《いま》の墾《は》り道《みち》刈《か》りばねに足踏《あしふ》ましむな沓《くつ》はけ我《わ》が背《せ》

【出典】万葉集・東歌・三三九九

信濃へ行く道は開墾したばかりの新道です。切り株に足を踏み抜かさないように注意しなさい。そして沓を履《は》くのですよ、わが夫よ。

信濃へ行く道とはどの道を指しているのであろうか。

「今の墾《は》り道」とあるから、時の政府が大宝《たいほう》二年（七〇二）十二月から和銅《わどう》六年（七一三）七月までのほぼ十年間かけて*木曽道《きそじ》を開通させた、その新道であろうと考えられている。すると、美濃《みの》（岐阜県）と信濃《しなの》（長野県）の国境越えをする神坂《みさか》峠のコースとなる。

歌では切り株がむき出しになった状態を想像しているが、律令時代の官道

【国名】信濃《しなの》の国の歌

【語釈】○信濃の国―05に既出。○足踏ましむな―「足ふましなむ」と訓《よ》む写本もある。意味は「足を踏み抜いてしまわれるでしょう」、と尊敬の意となり、歌が個人的な関係になってしま

は、それとはおよそ異なり、軍勢馬匹《ぐんぜいばひつ》を率《ひき》いても越えられる優れた道が作られていた。旅の行く手は悪路《あくろ》に違いないと思うのも、旅立ちの一行を見送る、つまり留守を守る人の不安な気持ちの表われといえよう。

作者は女性である。「足踏ましむな」までの四句目までは、この新道を越えて行く作者の夫を含む一団の旅人《たびびと》の皆に向かって、旅の安全と注意をこめての呼びかけであって、そこに助動詞「しむ」の使役《しえき》の意味が生きている。つまり、一人一人へ呼びかけている気持ちが表されている。

五句目の「沓《くつ》はけ我《わ》が背《せ》」は夫に呼びかける一句で独立している。このような旅の一行への目配り気配りがこの歌から察せられる。おそらく夫が官人《かんじん》として旅の責任ある立場の人物であり、その妻として一行を見送る位置にいるからと考えられる。また、「沓《くつ》」を履く人は身分的にも高位であることを示している。

古代の旅のあり方はおよそ現代では想像もつかないほどの過酷《かこく》さを伴っていた事であろう。家なる妻の安全への願いは、見送ったその時から始まる。安全祈願の歌は万葉集の旅の重要なテーマの一つであった。

う。○沓―乗馬用の革沓であろう。馬に履かせる沓という見方もある。

*木曽道―「始めて美濃国岐《みののくにのき》蘇山道《そのさんどう》を開く」(大宝二年十二月)「美濃・信濃二国の堺、径道険阻《けいどうけんそ》にして往還《おうかん》艱難《かんなん》なり、よりて吉蘇道《きそじ》を通す」(和銅六年七月。『続《しょく》日本紀《にほんぎ》』より。)

12

伊香保《いかほ》ろのやさかのゐでに立つ虹《のじ》の現《あらは》ろまでもさ寝《ね》をさ寝《ね》てば

【出典】万葉集・東歌・三四一四

伊香保のすそ野にある高い堰《つつみ》の上に、突然虹が立つように噂《うわさ》が立ったって（噂などかまうものか）、共寝《ともね》を重ねるだけ重ねられたらなぁ。

「伊香保《いかほ》ろ」とあるのは群馬県の榛名《はるな》山（一三九一メートル）の一帯をさしており、今も伊香保温泉などの名がある。火山帯の山らしく、すそ野が長く美しい姿である。その山麓《さんろく》に「やさかのゐで（井堤）」と呼ばれる高い堤《つつみ》を持った池があったのであろう。これが作者の生活圏である。

キーワードの「虹《のじ》」は万葉集ではめずらしい語で、この一首のみである。現代のわれわれは虹《にじ》が空にかかると、その美しさに思わず歓声《かんせい》をあげてしまう。

【国名】上野《かみつけぬ》（かうづけとも）の国の歌

【語釈】○上野の国―群馬県。国府は現前橋市元総社町。○伊香保ろ―榛名山の一帯。ここはその山麓であろう。国府（前橋市）から北の渋川は利根川に沿って越虹は不思議な天空の現象で、気付いてみると空に突然に顕《あらわ》れている。それを「立つ虹の」と表現している。ここでは二人の関係が突然世間に派手に知れわたることの喩《たと》えに用いられている。

虹は古代の中国では不吉な標《しる》しとされていたらしい。この思想が日本にも影響を与えていると言われるが、必ずしもそうとも言えないようである。例えば、『霊異《*りょうい》記《き》』に虹にかかわる次のような話がある。

大伴《おおともの》ヤスノコは時の朝廷《ちょうてい》からも、とりわけ聖徳太子《しょうとくたいし》からも信頼を受けた人物で仏道への信心が深かった。ある時、ふとしたことで息を引き取ったが、三日経《た》って蘇《よみがえ》り妻子に「五色の雲が虹《にじ》のように北へとかかっていた。その雲の道はよい薫《かお》りに満ち、たどって行くと亡くなられた聖徳太子が立っておられた……」と語った。（以下略）

右の話の中で、虹がめでたい五色の雲の道に喩《たと》えられているところが重要で、つまり善《よ》い方向へ導かれる回路《かいろ》となっているのである。

このような印象の捉《とら》え方は、この東歌とも共通する。歌い手は虹の架け橋を自分と恋人とを結ぶ回路として捉え、人の目にも鮮やかな虹に恋の成就《じょうじゅ》の想いを託《たく》しているのである。

後へ抜ける街道と、吾妻川に沿って西行して信濃国府（上田）へ抜ける起点となっている。「ろ」は接尾語。○やさかのゐで―「八尺」と見て高さの単位と考える。「ゐで」は堤の堰《せき》。したがってため池などの大きく高い堤があったと考えられる。「八坂」と見て数多くの坂と考える説、地名説などがある。○方言―のじ（虹《にじ》）、現はろ（現ハル）。

*霊異記―正式名は『日本国現報善悪霊異記』、仏教説話集三巻。奈良時代、薬師寺の僧景戒《きょうかい》が記した。

13

足柄《あしがり》の我《わ》を可鶏山《かけやま》の殻《かづ》の木の我《わ》をかづさねも殻割《かづさ》かずとも

【出典】万葉集・東歌・三四三二

足柄の（私を心に懸ける）可鶏山の殻の木というのなら、私を拐《かどわ》かしてくださいな、殻の木の皮を剝《は》いでばかりしていないで……。

歌の内容は大胆で、しかも挑発的である。歌い手の女性が、男（憧れている男性かあるいは恋人か）に向けて、私を親の元からさらっていってと迫っているのである。

歌いかけられている人気者は足柄の山で生業《なりわい》をする樵《きこり》なのであろうか、そのたくましい男にさらわれたいという女の憧れが歌われているが、決して一人の声ではない響きを持っている。

【国名】相模《さがむ》（さがみとも）の国の歌

【語釈】○相模の国―07に既出。○足柄《あしがら》―現在も足柄下郡、足柄上郡の郡名がある。○可鶏山《かけ》―比定の山は不明だが、矢倉山（現南足柄市）とする説もある。○

この歌をくり返し読んでいると、歌いやすくなる工夫があることに気づいてくる。同音《どうおん》と同母音《どうぼいん》の語が次々に配置されているからだ。試みにカタカナ表記にしてみよう。

アシガリノワヲカケヤマノカヅノキノワヲカヅサネモカヅサカズトモ

右に傍線を付した語は同音（ワヲ・カズ）同士の語で同音異語の場合もある。左に小丸を付した語は母音（ア・オ）が発声される部分である。特に母音アが十三ケ所とオが六ケ所にわたって繰り出されていることがわかる。声に出して歌ううえでは同音異語の場合からはリズムを、母音の要素からはテンポが生み出されていると考えてよいであろう。ともかく明るい声の響きの歌となっている。

このような特徴を持つ歌は、声に出して歌われている間に次第にこのリズムとテンポが成長してきたと考えられる。歌いやすい歌として多くの人に好まれたことであろう。

流行する条件を備えているとはこのような歌なのか、歌の伝承を考えるうえで参考となる例である。

穀《かづ》の木―「穀」はカゾ、コウゾとも。くわ科の落葉高木。山中では秋になると赤い実をつけ甘い味が楽しめる。この木の皮を剥ぎ祭祀用のユフ、また布・和紙の原料とした。うるし科のヌルデとする説もある。〇かづさねも―難解な語だが、動詞「かづす」と見、誘う、拐《かどわ》かすの意とする。「ね」誂《あつら》えの意の終助詞、「も」詠嘆の意の終助詞。

14

陸奥《みちのく》の安太多良真弓《あだたらまゆみ》はじき置《お》きてせらしめ来《き》なば弦《つら》はかめやも

【出典】万葉集・東歌・三四三七

陸奥の国の安達太良真弓をちょっと弾いたままにして弓を狂わしたままにしてしまったら、次の弦《つる》など張れないよ。

歌い手は女性（私）で、その私を弓に喩《たと》えている。まゆみ（檀*）の木で作った弓は優れた性能を持っている。安達太良山《あだたらやま》（福島県）は檀《まゆみ》の産地。つまり「陸奥《みちのく》の安太多良真弓」は知る人ぞ知る「真（マ）弓」（優《すぐ》れた弓）なのである。その誇り高いブランドの「真弓」を女性（私）の喩《たとえ》としている。

その弓に関連した表現である「はじき置き」はちょっと試しに弦《つる》を鳴らすことであり、「せらしめ来《き》なば」は弓の弾力を狂わしたままにしておくこと

【国名】陸奥《みちのおく》（みちのくとも）の国の歌

【語釈】○陸奥の安太多良―福島県にある安達太良山。○真弓―マは優れたものを表す接頭語。すぐれた弓。○方言―せら（反《そ》ラ）。○方言―つら（弦《つる》）。

であり、「弦《つら》はかめや」は再び弦が張れない状態になることであり、各句弓の取り扱いの内容でありながら、全てに女性（私）が潜《ひそ》んでいる。

したがって歌は「真弓」の取り扱いに粗相《そそう》があったら性能が落ちるだけではなく使いものにもならなくなるという警告めいた表現が表になるが、真実の内容は、私を粗略《そりゃく》にすると元通りにはならないの意となり、女性（私）の気位《きぐらい》の高さが歌い込められていることになる。この歌は武人である男に向けられているとみるべきか。

陸奥《みちのく》の安太多良《あだたら》真弓《まゆみ》弦《つら》はけて引《ひ》かばか人の我《あ》を言《こと》なさむ　（⑦一三二九）

〔陸奥の国の安達太良真弓に弦を張って引くようにあの子の袖を引いたなら、人は私を噂に言い立てるだろうな。〕

右の歌は巻七に「弓に寄せたる」として収載されている歌で、男性の立場で歌われている。この東歌と一、二句が全く同じ、また内容的にも対応関係がつくように思える。ただ、一対の問答を交《か》わした歌として考えるよりも、類似の句を用いた歌がいくつも作られた可能性を認め、その内の一首とみておくことが大切であろう。

「弓」を比喩《ひゆ》的に用いる歌は多くあり、発想的にも馴《な》れていたようだ。

＊檀—弓の材料となる木の名。弾力のある木質で強い弓となる。

15

都武賀野《つむがの》に鈴《すず》が音《おと》聞《き》こゆ可牟思太《かむしだ》の殿《との》の仲郎《なかち》し鳥狩《とが》りすらしも

或本の歌に曰く「美津我野《みつがの》に」。また曰く「若子《わくご》し」

【出典】万葉集・東歌・三四三八

都武賀野《つむがの》に鈴が音が聞こえるよ。可牟思太《かむしだ》のお屋敷の次男坊さんが鷹狩《たかが》りをするらしいよ。
或《あ》る本に「美津《みつ》我野《がの》に」。また「若子《わくご》し」と言う。

【語釈】○都武賀野―所在地不明。或本の「美津我野」も不明。○可牟思太―所在地不明。○仲郎し・若子し―シは意味を強める働きの副助詞。

地名「都武賀野《つむがの》」は、何処《どこ》であるか不明。「可牟思太《かむしだ》の殿《との》の仲郎《なかち》」はある地方の実力者の若君らしい。「仲郎《なかち》」は次男の呼び名、或本の「若子《わくご》」は若様というような意味。どちらもアイドル的な響きがある。歌はその行動を常《つね》日頃噂《ひごろうわさ》にしている女性達が歌っている趣《おもむき》がある。

「鳥狩《とが》り」は鷹狩りのことで、都武賀野に鳴り響く鈴の音から想像している。鷹の足首に鈴をつけ獲物《えもの》を捕獲すると激しく鳴る。狩猟《しゅりょう》の中でもとりわけ勇壮《ゆうそう》で華《はな》やかな雰囲気がある。鷹狩りは鷹匠《たかしょう》による鷹の飼育と訓練、獲物を追い出す勢子《せこ》達、獲物に鷹を合わせる技術、騎乗《きじょう》して獲物を追う弓馬《きゅうば》の術、猟犬の使い方等々、相当な人手と熟練した狩猟技術が必要であった。

鷹狩りは大陸から技術を輸入したと言われている。古代から洋の東西を問わず王侯貴族達を夢中にさせた狩猟法であった。

次の歌も狩猟をモチーフにしており、二つの歌は雰囲気がよく似ている。

垣越《かきご》しに　犬呼び越《こ》して　鳥狩《とが》りする君《きみ》
青山《あをやま》の　葉茂《しげ》き山辺《やまへ》に　馬《うま》やすめ君《きみ》　（⑦一二八九）

〔垣の向こうから犬を呼んで鳥狩りする君よ。
（こちらの）青山の木陰で馬を休ませなさいな、素敵な君よ。〕

右の歌は旋頭歌体《*せどうかたい》で、上の三句と下の三句をそれぞれ別の歌い手が、同じメロディをくり返して歌ったようだ。

二首ともに騎乗の主人公の人気ぶりが窺《うかが》える内容で、勇壮な狩猟に興《きょう》じている若様《わかさま》への憧れが伝わってくる。狩猟の後の宴会などで、うら若い女性達が歌って、宴《うたげ》を盛り上げたのであろう。

＊旋頭歌体―５７７・５７７の句数を持つ。

16

鈴《すず》が音《ね》の早馬駅家《はゆまうまや》の堤井《つつみゐ》の水をたまへな妹《いも》が直手《ただて》よ

【出典】万葉集・東歌・三四三九

―〈鈴が音の〉早馬の到着する宿場の堤み井戸の、その水を汲《く》んで私に与えて下さいな、妹のその手で。―

古代の官道《かんどう》の宿駅《しゆくえき》で働いている女性（妹）に向けて呼びかけている地元の男達の歌の趣《おもむき》である。

「鈴が音」「早馬《はやうま》」「*駅家《うまや》」「堤井《つつみい》」は律令制下《りつりようせい》（大宝令《たいほうりよう》（七〇一年）以降）に整備されていった官道に関わる用語類である。「鈴が音」「早馬」は急行する使者が必要とするもの、「駅家」「堤井」は宿駅の設備である。これらは全て「*令」に規定がある。井の整備は「延喜式《えんぎしき》（雑式）」にあり、駅路《えきろ》の辺《あたり》に

【語釈】○鈴が音―駅鈴の鳴る音。重要な役目を担っている役人・使者であることを知らしめている。「鈴が音の」は「早馬《はやうま》」の枕詞的用法。○早馬―一日に十駅以上を走る使者。駅間は三十里（約十六キロ）。○堤井―堤で水を貯めている構造

は果物《くだもの》のなる木を植え、また井の無いところには井を掘り往来《おうらい》する人が休息しやすいように便《べん》を図《はか》るべきことが記されている。

これらをふまえてこの歌を読むと、「鈴が音の早馬」は使者が駅鈴《えきれい》を響かせながら早馬を駆って宿駅に向かっている状況が浮かび上がってくる。待ち受ける駅家《うまや》では、使者を受け入れ、送り出すために突如慌《あわ》ただしさに沸《わ》きたっている。そのような中で、使者を労《いたわ》って水を汲《く》んで差し出す駅家《うまや》の女性の姿が、手厚くやさしく見えるのであろう。

歌の詠み手の男性はこの使者を羨《うら》やんでいるのである。使者を迎えて甲斐《かい》甲斐《がい》しく立ち働く女性へ、自分もそのように扱って欲しいと望んでいるのである。よそ者ではなく地元の自分にも、使者と同様に直接水を与えて欲しいのだ。だが「水をたまへな」と敬語を用いているところに、望んでも手の届かない「妹《いも》」であるような、まだ遠い憧れの思いが潜《ひそ》んでいるようである。

東国のどの宿駅であろうか。だが、駅家《うまや》の光景としては何処《どこ》にもあり得たことだろう。その中で立ち働く「妹」にくっきりと焦点をあてたこの歌は映像的にも見事な描写といえよう。

土地の人の集まる場面で、くり返し歌われていたことが想像される。


の井。

＊駅家―宿駅《しゅくえき》の駅家《うまや》（えきか、とも）は宿泊にも利用された。また駅馬が常備され役人の使用に供した。

＊令―「厩牧令《きゅうぼくりょう》」「公式令《くしきりょう》」「雑令《ぞうりょう》」などに規定がある。

17

水門《みなと》の葦《あし》が中なる玉小菅《たまこすげ》刈り来《こ》我《わ》が背子《せこ》床《とこ》の隔《へだ》しに

【出典】万葉集・東歌・三四四五

水門の葦の茂みの中に生える美しい小菅をね、刈り取りに来なさいよ、我が夫よ、床の隔て（しとねをしつらえる）のためにね。

【語釈】○水門―ミナト（川の入り口・海からの入り口）。○方言―隔しに（へダテニ）。

河口付近で遊びを売る女が男を誘う雰囲気《ふんいき》のある歌。番号順の次の歌と一対をなすか、もしくは類似の遊びの歌をならべたものか。

「玉小菅」の「玉」は美しさを強調する表現。菅は水辺、沼沢地《しょうたくち》に自生し菅笠《すげがさ》・蓑《みの》などの日常的な用途に、また神事にも用いられる。柔らかでしなやかな葉が加工に適していた。万葉歌にもスゲ・スガの用例は多く、女性の比喩に用いられる場合もある。

葦の中に紛《まぎ》れている菅とはどのようなものか。この三句までが序詞《じょことば》となって四句目の「刈り」の具体的な説明をしているとみると、「玉小菅」がこの歌い手の女（私）を暗に喩《たと》えていることになる。そのように捉《とら》えてみると船を用いた遊び女の姿が浮かんで来て、巧《たく》みな誘い歌となってくる。

*妹《いも》なろが使ふ*川津《かはづ》の*ささら荻《をぎ》あしと人言《ひとごと》語り寄らしも（三四四六）

〔お前さん（妹）が使う船着き場付近のささら荻、それはアシ（葦―悪し）だと人は噂をし合っているよ。〕

歌番号順に並んでいて、微妙な呼応関係を見せている。上の三句が序詞となり、「あし」に懸《か》かる。葦と荻とは形状は似ているのだが、この「葦《あし》」は「悪シ」の意味もある。「葦―悪シ」と同音を異語にずらしながら、本旨《ほんし》を導いている。

水門―川津、玉小菅―ささら荻、我が背子―妹なろ、序詞を用いた表現形式など具体的な呼応関係も見いだせるし、なれなれしい表現ともなっている。

女の誘い歌に対して、男は「一寸《ちょっと》、評判の悪い噂があるよ」と女をからかっている。女と男が知恵くらべのように歌を掛け合っている。まるで、ボクシングのジャブの応酬《おうしゅう》のようだ。

*妹なろ―妹ノラとも、妹を親しんで呼ぶ接尾語。東国の表現か。
*川津―川の渡し場、船着き場。
*ささら荻―葉の細い荻の意。ササは細かい形状を表す。

18

おもしろき野《の》をばな焼《や》きそ古草《ふるくさ》に新草《にひくさ》交《ま》じり生《お》ひは生ふるがに

【出典】万葉集・東歌・三四五二

皆で楽しむこの野をむげに焼かないで下さい。野には枯れ草の中に新しい草の芽が交じって、どんどん生えようとするのですから……。

女の歌とも男の歌とも言える内容だが、歌には会話的な雰囲気《ふんいき》がある。

歌の背景に野焼《のや》きの作業がある。野焼《のや》きは春の農耕の開始前に、枯れ草で覆《おお》われた畑や、畦《あぜ》や、川原を焼いて土壌《どじょう》の改良や病虫害の駆除《くじょ》をし、一方では新しい草芽《くさめ》・若菜《わかな》の生長をうながす。農作上欠かせない毎年の作業であった。これは村の共同作業であって、火災などを引き起こさないために慎重な方法がとられている。そんな場も農閑期《のうかんき》には男女の遊び場ともなっていた。

【語釈】○な〜そ―禁止の意を作る。○古草・新草―老人と若者を暗に喩《たと》えているとする考え方もある。○方言―がに（ガネ）。願望を表す終助詞。

このような背景を考えると、若者らが「おもしろき野をばな焼きそ」と訴え、下の句で、枯れ草に交じって若い芽は萌《も》え出るのだから、という理由づけは村に必要な共同作業からすれば他愛《たわい》ない感じがする。

だが、この歌は人々に好まれたとみえ次のような類似の歌が見出せる。

　*春日野《かすがの》は今日はな焼きそ*若草のつまもこもれり我もこもれり　（*古今集）

〔春日野（奈良県春日山のふもと）は今日は野焼《のや》きをしないでほしい。（若草の）つまも、わたしも隠れているのだから……。〕

『*伊勢物語（十二段）』には、「武蔵野は……」とあって地名を取り替えただけの歌となっている。これらの歌の作られ方の共通点は、上の二句が訴える部分、その理由づけを下の三句で示すというところにある。

この東歌の場合は村の共同作業の場で歌われていたのであろう。若者達は村の作業を止《や》めるように訴え、その理由づけは他愛ないながら、ちょっと批判的な雰囲気を示して、遊びを守ろうとしている。それに対して『古今集』は、一対の男女の野遊びの歌として性格づけようとしている。このように共同作業を背景にしていた歌が、男女の恋の歌へと変化する過程が見出せる。

*春日野は……―古今集（巻一・一七）。

*若草のつま―「若草の」は「つま」（男女どちらからも相手をいう）の枕詞。

*古今集―日本最古の勅撰和歌集、醍醐天皇延喜五年（九〇五）成立。紀貫之が撰に関わった。

*伊勢物語―歌を用いて物語が構想された。平安時代の『古今集』前後の成立か。歌物語と呼ばれる最初の作品。作者不明。

19

風の音《と》の遠《とほ》き我妹《わぎも》が着《き》せし衣《きぬ》たもとのくだりまよひ来《き》にけり

【出典】万葉集・東歌・三四五三

（風の音の）遠く離れている妻が別れの日に着せてくれた着物だ。そのたもとのあたりが近頃ほつれて来てしまったよ。

【語釈】○たもとのくだり―袖口のこすれる付近。○まよひ―糸がほどける状態になる。ほつれること。

郷里《きょうり》を遠く離れて旅寝《たびね》を重ねてきた実感を袖口《そでぐち》がほつれてきていることで表し、妻を恋しく思う男の歌である。出発に際して旅の衣を作り調《ととの》えてくれたのが妻であった。旅のさまざまな苦労を視覚的に、具体的にその衣のくたびれ具合で表している。旅を体験した者ならばだれもが共感するような歌いぶりである。

「風の音の」は「トホ（遠）」の枕詞《まくらことば》となっているが、「トホ」は風の音の擬声語《ぎせいご》としてまずは捉えられ、そこから同音の「遠」の意味と結びつくのである。この語感は郷里との距離感も表され、しかも春風の長閑《のどか》さや夏風の清々《すが》しさとは異なり、旅人が心細さをおぼえるような季節に入っていることを想像させる。万葉集に唯一の例ながら、音が効果的に働いている。

この歌に関しては古くから防人《さきもり》の歌とみなす指摘があった。

今年《ことし》行《ゆ》く新島守《にひしまもり》が麻衣《あさごろも》肩のまよひは誰《たれ》かとり見む　（⑦一二六五）

〔今年新しく出発して行く島守（＝防人《さきもり》）、その麻衣の肩のほつれは誰が繕《つくろ》ってやるのだろう。〕

出征《しゅっせい》して行く防人を見送る立場の女性であることはおのずから知られる。荷を担《にな》う肩がまっ先に痛んでほつれるに違いない、それを誰が繕《つくろ》うのかと、任務の辛苦《しんく》を思いやる気持ちが溢《あふ》れている。

この東歌は旅にある夫が妻に訴えているのに対して、防人歌は見送る女（妻か）の立場からの歌である。立場が異《こと》なりながら同じ題材を詠んでいる。そのような類似から防人歌であろうと見られるのである。

しかし、防人の歌と限定することはできないだろう。旅の苦労の表わし方が両歌に共通して見出されるということだろう。

＊擬声語―オノマトペとも。動物の鳴き声や、物音をあらわすことば。

20

稲《いね》つけばかかる我《あ》が手《て》を今夜《こよひ》もか殿《との》の若子《わくご》が取りて嘆《なげ》かむ

【出典】万葉集・東歌・三四五九

稲を搗《つ》くと籾《もみ》であれて皹《あかぎ》切れる私の手をね、今夜もまたお屋敷の若様が手にとって嘆いてくれるだろうか。

初句《しょく》の「稲つけば」は、田植えに始まり、稲の刈り入れ、はざかけ、稲こき、籾《もみ》すり、そして稲つき（精米）に至る過程を想像できる語である。稲作にかかわる作業は村落の共同作業が基本である。この歌の場合は「殿の若子」が話題の中心となるような場であるから土地の豪族などの屋敷で奉仕する共同作業などが考えられる。

秋の収穫時の高揚《こうよう》した気分と開放感にあふれた作業を背景に、集団で歌わ

【語釈】○かかる—手足にひびのはいること。あかぎれ。和名抄「皹」アカカリ。○殿の若子—土地の有力者の屋敷であろう。若子《わくご》は若様、先掲15参照。

れているのであろう。稲つきの作業の際に歌われていたかとも考えられる。若い女性が憧れをこめて夜の逢《あ》いびきの情景を思いうかべている雰囲気である。ただし歌い手は若い女性とは限らない。作業に従事する皆の思いとして歌われている。

この歌に限らず東歌には共同作業を背景に、集団の中で歌われていることを想像させる多くの歌がある。それらの東国の生活を表わした歌を伝えようとするところに東歌の収集者の意図があると思われる。都人《みやこびと》にとっては東国の、生活に即した歌声が興味深く受けとめられているのであろう。

たとえばこの東歌に歌われている恋のあり方などは、都人の恋とは異なった世界と映ったに違いない。

都の恋の歌は「私」の思いを明らかに詠んで、相手の心へ訴えることが作法となっている。その思いを受けとめるのには同じく強い感性と知性が必要となる。そうした歌の日常性と東国の歌とは異なった世界といえよう。自分の思いが人々と共有する思いとして歌われる東国の歌、そうした響きを魅力として捉える都人の感性が東歌を発見していったのであろう。

21

誰《たれ》そこの屋《や》の戸《と》おそぶる新嘗《にふなみ》に我《わ》が背《せ》をやりて斎《いは》ふこの戸《と》を

【出典】万葉集・東歌・三四六〇

誰だろう、この家の戸を揺《ゆ》らすのは。新嘗の祭りゆえに夫を外に送り出して、精進潔斎《しょうじんけっさい》して私（妻）が籠もっているこの小屋の戸を……。

【語釈】○方言―にふなみ（ニヒナメ）。

なかなか手の込んだ歌である。神祭《かみまつり》の日に精進潔斎*して祭りに備える女が、その清浄を侵《おか》そうとする男の来訪を察知して詠んだきわどい恋の歌ではある。だが、歌には、村人皆が参加する祭りの場の開放感が感じられる。

*新嘗《にいなめ》の祭りは村々で行われる年に一度の収穫感謝の祭りである。旧暦霜月《しもつき》（現行暦十二月下旬）に行われるのが一般的であった。新米を神に捧げ、神と人とが共に遊ぶ祭りが夜を徹して行われる。男達は村の祭りに出、女達は

*精進潔斎―神を迎える身体になるために、肉食を避け、水で身体を清《きよ》めること。

*新嘗（しんじょうとも）の祭り―収穫を神に感謝する秋の祭り。早稲《わせ》はそのため

潔斎して家に籠《こも》る。このような村の大事な祭の夜に、女達の家の戸を揺するものがいる。「誰そこの屋の戸おそぶる」は籠《こも》る女の驚きの表現、神が訪《おとず》れてきたのかと畏《おそ》れをいだく心情がまずは表わされているのであろう。

しかし、実態は夫の留守を狙って男が忍んできている歌だ。許される行為なのだろうか。次のような神話がヒントになるかも知れない。年の瀬《せ》に来訪《らいほう》する神の物語が『*常陸国風土記《ひたちのくにふどき》』にある。

昔、祖《みおや》の神《かみ》が諸国を訪ねていたが、富士の山で宿を乞《こ》うと、「早稲《わせ》の新《にひ》嘗《なめ》の夜で、家では物忌《ものい》みしているから」といって断られた。そこで筑波《つくば》の神を訪ねたら「今夜《こよい》は新嘗《にいなめ》の夜だが、あえてお断りは致しません」といって、接待した。云々

この神話のポイントは、筑波の神は忌みを犯しても祖神《おやがみ》を迎え入れたというところにあるが、祭りの夜には神の訪れが不意にあっても不思議はない、と許容する心が人々の中にはあるということである。この心意こそ、タブーを侵そうとする者にとって好都合の理由となる。すると、この歌は、神を装《よそお》って訪ねてくる不埒《ふらち》な男がいることを半ば認めているようなものだ。村の祭りの夜の解放感が表わされているのであろう。

の米。

*常陸国風土記―風土記《ふどき》。奈良時代の始めのころに出来た。常陸国（現茨城県）の風土記は神話・伝説が地名の起源の話と共に豊富である。03参照。

22

まかなしみ寝《ぬ》れば言《こと》に出《づ》さ寝《ね》なへば心の緒《を》ろに乗《の》りてかなしも

【出典】万葉集・東歌・三四六六

愛《いと》おしいので共寝をすると人の噂に立つし、寝ないでいると、気持ちの中に恋しさが乗りかかって、切ないことよ。

内容的には共寝《*ともね》を願望する歌。噂を嫌《きら》って切ない状況を表している。

この歌は東歌らしい特徴がある。その点をいくつか指摘しておこう。まずは声に出してみると、リズミカルな響きを持っていることに気がつく。これは、上の二句の「まかなし」「寝《ぬ》」が、下の句では「さ寝《ね》」「かなし」と点対《てんたい》称《しょう》的にくり返されていることによると思われる。

そのリズムに加えて、この歌の語彙的な魅力が「かなし」「ぬ・ね」の語

【語釈】○心の緒ろに乗りて―「息《いき》の緒《を》」「年《とし》の緒《を》」「玉《たま》の緒《を》」など細く絶えないものを印象づける表現。ただし「心の緒」はこの例のみ。「心に乗る」は類例がある。

＊共寝―男女が一緒に寝ること、結婚を意味する。

にある。すでに「かなし」は08に「さ寝《ね》」は12に既出だが、東国において特別の語感覚のあることばなのである。つまり、究極《きゆうきよく》の愛情表現を示すことばとしてしばしば登場する。この点は次の接頭語とも関わる。

接頭語は大事な働きをするが訳《やく》に表すことが難しい。歌が口語的な表現であるので、たとえば「まかなしみ」のマは真実とか、全く、とかを当てて訳される場合が多いが、どうも固い。この場合は、現代風にいえば、メッチャかわいいの感覚である。また、「さ寝」のサは、万葉集の他の用例にあたってゆくと、神聖感を持った語感覚の接頭語なのである。すると「さ寝」は神と人とが交わるような結婚、というような意味になるのだが、口語訳には表わすことが難しい。現代風には「特別な関係を持つ」といったところか。

さらに方言がある。「さ寝なへ」のナへは古代東国語のみに見られる、打ち消しの助動詞である。「心の緒ろ」のロも東国特有の接尾語である。これらがいずれも歌の響きにアクセントを与えている。

ざっくばらんに口語訳をすると、「メッチャ可愛いからといって、抱いてしまうと噂がうるさいし、関係を持てないままだと気になって気になって、あぁ可愛い。」ということになろう。

23

夕占《ゆふけ》にも今夜《こよひ》と告《の》らろ我《わ》が背《せ》なはあぜそも今夜《こよひ》よしろ来《き》まさぬ

【出典】万葉集・東歌・三四六九

夕方の占では今夜通って行くよと告げていたのに、あの人は、なぜなのでしょう、今夜、占い通り寄ってお出にならないのは（まだ見えない……）。

占いを信じて夫の通《かよ》いを待つ女の歌。通《かよ》い婚《こん》は男にとっても女にとっても結びつきが不安定な時期だから必然的に歌の交換が多くなる。歌は愛情を確かめ合う方法の一つであった。

通い婚は古代の結婚形態の一つだが、結婚に至る過程のどの段階であるのか必ずしも定かではない。また、誰しもがその形態を経《へ》ているとも考えられない。当然そこには階層・身分・地域・年齢などによって違いがあったと考

【語釈】○方言―告らろ（告レル）。○我が背な―「な」は親愛の意をこめた助詞。「ラ」の交代形。○方言―あぜそも（ナゼ）。そ・も＝意味を強める働きをする助詞。○よしろ―語義不詳。「寄す＋ろ」と見るのが一般的。○来まさぬ―「まさ」は敬

えられる。東国においてもこの方法が行われていたのか、ともかく、この歌は通い婚の様相を見せている。

「夕占（ゆふけ・ゆふうら）」という方法で通《かよ》いを占《うらな》っている。それがどのような方法であったのか。万葉集に例を求めるとつぎのような表現が見られる。

*言霊《ことだま》の八十《やそ》のちまたに夕占《ゆふけ》問《と》ふ占正《うらまさ》に告《の》る妹《いも》はあひ寄《よ》らむ（⑪二五〇六）

「言霊《ことだま》の行き交う道に立って夕占をしたところ、占に「妹はなびき寄る」と出た。」

右のように、「八十のちまた」は交差点、人が行《い》き交《か》う道などが占《うらな》いの場のようだ。夕方の時間は人の言葉の「言霊」が強く立ち顕《あらわ》れると信じていた。その人を越えた力が占いの方法と関係があるらしい。何らかの卦《け》がでて、それを占い師に合わせて解いてもらうという手続きが通常のようで、右の歌にはその判断の詞が五句目の歌詞になっている。

この歌の場合は、右の二五〇六歌の「夕占」の判断が表わされた次の段階の様相が歌われていると見ることができる。女が待つことを表わす歌は相手への呪文《じゆもん》となる。さて、男はどうするのだろうか。

語。

*言霊―言葉に宿っている霊力のこと。発せられた言葉の通りにことがらが現れると古代の人々は信じていた。

24

相見《あひみ》ては千年《ちとせ》や去《い》ぬるいなをかも我《あれ》やしか思《も》ふ君待《ま》ちがてに

【出典】万葉集・東歌・三四七〇
（柿本朝臣人麻呂歌集に出ず）

お互いに逢《あ》ってから千年もたってしまったのでしょうか。いやいや私だけがそう思っているだけでしょう。あなたを待ちかねているものだから……

あなたのことを待ち続けてもう千年も経《た》ってしまったかと……。〈待つ〉ことをモチーフにした女の歌であるが、なかなか手慣《てな》れている。

この歌には「柿本人麻呂歌集《*かきのもとのひとまろのかしゅう》に出《い》づ」の注記がある。全く同じ歌が巻十一にあるが、そこには歌集名は記されていない。果たして人麻呂歌集歌なのか、単なる誤りなのか、はっきりしなくなるが、それでも歌の伝承的な条件などを考えさせられる歌である。たとえばこの歌と発想のよく似た歌がある。*

＊柿本人麻呂歌集―万葉集の原資料となった歌集の一つで、人麻呂が収集したと考えられている。万葉集の編集の方法にも影響があったことが指摘されている。

此頃《このころ》は千歳《ちとせ》や行《ゆ》きも過《す》ぎぬると吾《われ》や然思《しかも》ふ見まくほりかも　（④六八六）

〔この頃は千年が行き過ぎたのかと、私はそう思っていますよ。
あなたに逢いたい逢いたいと待っているものですから…。〕

右の歌は＊大伴坂上郎女《おおとものさかのうえのいらつめ》の七首の恋歌の中の一首で、彼女自身の恋ではなく、大伴家の若者に恋歌の手ほどきをしているようである。

坂上郎女の手もとにも数多くの歌が集められていたらしい。そうした歌々から学んだり、あるいは実践して見せたりしていたようである。右の歌も先行する歌が柿本人麻呂歌集からか、あるいは巻十一の資料となっていたものか、そのルートは不明だが、明らかに先にあった歌を踏まえた上で作歌している。万葉集後期の作家達の歌への取り組み方が見えてくる例である。

あらためてこの東歌をみると、後の人たちへ影響を与えた歌ということができるが、東歌が原点かというと、そうだと断定することはできない。大切なことは、人々が好んで歌っていたことによって伝承され、地域的な広がりを持つことになったということにあろう。

＊同じ歌—巻十一・二五三九。

＊大伴坂上郎女—大伴旅人《たびと》の妹。大伴家持《やかもち》の叔母《おば》。万葉集の女流歌人として作歌数が最多である。家持だけでなく大伴一族の若者達の指導的立場にあった。

25

人妻《ひとづま》とあぜかそを言《い》はむしからばか隣《となり》の衣《きぬ》を借《か》りて着《き》なはも

【出典】万葉集・東歌・三四七二

「人妻」だから（言い寄っては）いけないなどとなんでそう言うのか。それならば、お隣さんから着物を借りて着たりしないのかね。

とにかく強引な理屈をつけて人妻に言い寄ろうとしている歌である。ところが「私は人妻なのよ」とはね返された。そのセリフを第一句で引用し、それを逆手《さかて》にとって、巻き返しを図ろうとしている雰囲気である。

そこで開き直った男の理屈は、お隣の奥さんから着物を借りて着ると言うことだってあるのだから、奥さん貸してくれということだって同じようなものだろう、というもの。あきれた理屈だ。

【語釈】○方言―あぜか（ナゼカ）23脚注参照。○着なはも―東国語に見られる打ち消しの助動詞「なふ」。「も」は推量の助動詞「む」の東国訛。

当然笑いの渦が予想されるから、集団の場（歌垣《うたがき》など）で歌われたものと考えられる。万葉集の中では「人妻」は、他人が触れてはいけないもの、恋愛の対象としてはいけないものとする前提で歌われている。そこには人々の間で自然に育っている倫理観が働いているのであろう。にもかかわらず、人妻への思いはしばしば歌われる。人妻ゆえにかえってその魅力にとらわれてしまうという危うさが人の心を動かすということなのであろうか。

この歌の「人妻」は、人々の笑いを誘う雰囲気が支えになっているから、何かの条件があるのであろう。たとえば、「人妻よ」と相手に言われるまで、そのことが分からなかったという事情である。未婚既婚などは村落内では当然のように知られているわけだから、それを知らなかったこの男は外《よそ》からやってきたお客さんではなかったか。そのように見ると、この歌の場はよそ者（客人）がうっかりと歌いかけ、手痛くはねかえされたにもかかわらず、この男のしたたかな理屈が大喝采《だいかっさい》を招《まね》いた、というような状況が生まれたのではなかったかと想像してみる。

＊歌垣—春秋の祭日に山野に集まり、歌を掛け合って男女が遊ぶ習俗。『常陸国風土記』には「嬥歌—ウタガキ、カガヒ」の訓がある。03脚注参照。

26

東道《あづまぢ》の手児《てご》の呼坂越《よびさかこ》えて去《い》なば我《あれ》は恋《こ》ひむな後《のち》は逢《あ》ひぬとも

【出典】万葉集・東歌・三四七七

東道にある手児の呼坂で私の名を呼んであなたが越えて行ったなら、私は恋しさが募るだろうな、後にはきっと逢えるとしても。

【語釈】○手児の呼坂―所在地不明。旅人が神祭をする場所としてよく知られていたらしい。「手児」(09)参照。かわいらしさ、愛《いと》おしさを表す。

旅立つ夫に、妻が家にあって恋しつづけて待つ思いを込めている歌である。四句、五句目は後に必ず逢《あ》えることを疑わない表現であって、待つ妻の願いを示している。歌に手馴れた女性であることが偲《しの》ばれる。「東道《あづまぢ》の手児《てご》の呼坂《よびさか》」は東国の地名であるのか、地名とすると特定できないが、東歌中にもう一例*ある。旅人が峠などで祭祀《さいし》を行い、故郷に向かって呼びかける歌をよむことは防人歌にいくつも見える（防人歌11・12参照）。

*一例―東道《あづまぢ》の手児《てこ》の呼坂越《よびさかこ》えがねて山にか寝《ね》むも宿《やどり》は

無《な》しに（三四四二）。

ここでも「手児の呼坂」において、旅行く夫が必ずや妻である我が名を呼ぶであろうことを織り込んでいる。そしてその時、私が夫を「恋」している状態にあることを四句目で表している。峠での夫の行為に向き合う気持ちを表していて、旅立ちの歌として行き届いている。

この歌と発想も表現もそっくりな歌がある。

雲居《くもゐ》なる海山《うみやま》越《こ》えてい行《ゆ》きなばわれは恋《こ》ひむな後《のち》は逢《あ》ひぬとも

（⑫三一九〇）

〔雲の彼方の海山を越えてあなたがお出かけになったら、私は恋しさが募るだろうな、後にはきっと逢えるとしても。〕

下の二句は同じだ。上の三句を比較してみると東歌の方が峠での祭祀を具体的にイメージできるのに対して、右の歌は抽象的に感じられる。しかし、理解の仕方は同じで、雲に隔《へだ》てられた遥《はる》か彼方《かなた》の、海には海の境界で山には山の境界で我が名を呼んで越えて行く、そのとき私は恋しい思いにとらわれることでしょう、となろう。「雲居なる海山越えて」は夫との隔たりが表されていて洗練された歌詞になっている。

どちらも旅立つ夫を見送る妻の歌ながら上句の表現の違いが興味深い。

27

昼解《ひると》けば解《と》けなへ紐《ひも》の我《わ》が背《せ》なに相寄《あひよ》るとかも夜解《よると》けやすけ

【出典】万葉集・東歌・三四八三

昼間に解こうとしてもきっちりとしていて解けない紐が、我が夫に近寄ろうというのか、夜になると緩んでくるよ。

この歌の文脈は分かり易い。つまり、昼解けば解けにくい紐が夜になると解けやすい、ということであり、三・四句の「我が背なに相寄るとかも」は夜解けやすい理由を推理している。

「紐」は、「寄《よ》る—縒《よ》る」「解《と》く」の語との関わりを持つ。後世の*縁語《えんご》と呼ばれる関係がすでに表れている。男女が互いに紐を結び合う行為は愛情の表現の一つだが、ここには紐に関わる習俗がある。旅行く夫や恋人への安全祈

【語釈】○解けなへ—打ち消しの助動詞「なふ」の連体形。東国方言。○背な—夫や兄を親しんで呼ぶ。24参照。○方言—解けやすけ（トケヤスキ）。

*縁語—ことば同士が意味的に何らかの関連を持ってい

る表現。

願、あるいは夫婦・恋人同士の約束の標《しるし》として、互いに人目に触れない部分を結びあった。結び目に結んだ人の魂が封じ込められると信じたからであり、結んだ人と再び逢えると信じていたからである。

　こうした習俗をふまえた上でこの歌を見直すと、まずはこの女性は「背な＝夫」と紐を結びあっているのだが、昼は何事もなく、夜になると解けやすくなると訴えているのである。夫は旅にあるのか、ともかく離れた状態にある。二人が離ればなれであるにもかかわらず、深い愛情で結ばれているから、いつもの共寝のときと同じような状態になると歌う。夫に甘えているのである。

　そこで重要な表現が四句目の「寄る」の意である。心が惹《ひ》きつけられる対象に向かってごく自然に、あるいは勝手に働き近づいていってしまう。これが「寄る」の基本の意味である。この歌では、妻である「我」の心が「背な」に自然「相寄る」のである。

　このように二人の間が離ればなれになって、合いがたい事情が生じているときに、愛の確認として歌われている歌である。

28

麻苧《あさを》らを麻笥《をけ》にふすさに績《う》まずとも明日《あす》着《き》せさめやいざせ小床《をどこ》に

【出典】万葉集・東歌・三四八四

麻《あさ》の苧《お》を麻籠《あさかご》に（そんなに）どっさりいれて紡《つむ》がなくても、明日お召しになるわけではないでしょう。だからさあ、お出でなさい、この床に。

妻に、夜なべ仕事を切り上げて共寝《ともね》を誘う気分の歌。「麻苧《あさを》らを麻笥《をけ》にふすさに績《う》（む）」は、刈り取った「麻」の茎から細い繊維を取り出し、それをつなぎ合わせて糸状にして桶《おけ》に貯《た》め、それを縒《よ》り合わせて一本の糸とする、その一連の作業を歌詞に込めている。

麻糸を紡ぐ作業が夜を日についで忙しく行われている様《さま》が目に浮かぶようである。村をあげての作業の期間に入っているのであろう。女は籠《かご》に材料を

【語釈】○麻苧―麻の茎を剝いで繊維となる部分。からむし。○麻笥―麻糸を入れる入れ物、桶や籠など。○ふすさに―たくさんに、の東国語か。○着せさ―尊敬語「着せす」とみる。東国方言か。○や―反語。

どっさり入れてせっせと作業をする。

そうした作業から外されているのが男達である。そこで、わき目もふらず働いている妻に、ちょっかいを出すような気分が「着せさめや」の敬語を用いた表現に表されている。つまり、「どなたがお召しになるのか、別に明日というわけではないでしょうから」といって、仕事から手を離れさせようとする。

この「着せさめや」は布を反物《たんもの》とした上で着物にするわけだから、今、妻の糸を紡いでいる作業からはまだまだ先の手順である。そのようなことは承知の上での、いわば言いがかりのような理屈だ。つまり、どなた様のためにそんなに精《せい》をだしているのか、という気分である。そこに可笑《おか》しさがこもっている。

同じように「いざせ小床に」の「いざせ」にも軽い敬意を用いて、妻に戯《たわむ》れかかった気分を表している。

おそらく村のどの家にも、似たような情景が繰り広げられているのであろう。男達は夜ともなると同じような気分となる。そうした男同士の共通の心情が歌い込まれている歌だということができよう。

29

梓弓《あづさゆみ》末《すゑ》は寄《よ》り寝《ね》むまさかこそ人目《ひとめ》を多《おほ》み汝《な》を端《はし》に置《お》けれ

【出典】万葉集・東歌・三四九〇
（柿本朝臣人麻呂歌集に出ず）*

（梓弓）弓の末《すゑ》ではないが行く末は寄り添って寝よう。今はね、人目が多いから（気付かれないように）、一寸外したところに（お前を）置いているのだよ。

本命はお前だから、という約束めいた歌。他人に気づかれないようにわざとそっけなく振る舞っているが、さりながら無視しているわけではないのだと、相手の女に気持ちを伝えておこうとする。女に疑いを抱《いだ》かせまいとする、そのまめまめしさが心憎い。

「梓弓」はこの場合、弓の本《もと》・末《すゑ》の「末」を導く枕詞《まくらことば》であるが、このことばを用いるところに、歌い手の男性（武者か）のステイタスがあると考えら

【語釈】○梓弓—枕詞。弓の部位（本・末・中）、動作（引）などに懸かる。○まさか—現在、ただ今の意。目（ま）前（さき）か。

*柿本朝臣人麻呂歌集—既出（24脚注参照）。

れる。すると、この歌はプライドをかけた表現となる。

東歌に限らず万葉歌の恋の歌には「人目《ひとめ》」がしばしば詠まれる。他者の目はすぐに「人言《ひとごと》＝噂」へと発展する。「人目」「人言」は恋人同士にとってもっともやっかいな存在である。この歌い手はおそらく人気者なのだろう。周りにいつも人の輪ができている。そうした賑やかさの中で、本心を伝えるのは苦労する。意中の女をつなぎ留めておく手腕も恋の手管《てくだ》の一つだ。

次の歌も「人目」を煩わしく思う気持ちを詠んでいる。

人目《ひとめ》多《おほ》み目《め》こそ忍《しの》ぶれ少《すく》なくも心のうちに我《あ》が思《も》はなくに　⑫二九一二

〔人目が多いから直接逢うことは我慢しているが、心に少ししか思っていないわけではないよ。〕

「人目多み」が直接逢えない最大の理由となっている。多分男の歌で、女の側から、なぜ逢えないのかという訴えがあったのであろう。言い訳らしい響きもあるが、今の二人の状況と自分の気持ちを伝えている。

どちらの歌も相手に、自分の立場や気持ちを察して欲しいという思いが、ありありと出ている。

30

子持山若《こもちやまわか》かへるでのもみつまで寝《ね》もと我《わ》は思《も》ふ汝《な》はあどか思《も》ふ

【出典】万葉集・東歌・三四九四

子持山の楓《かえで》の若葉が黄葉《もみじ》するまで、ずっと抱いていたいと思うが、お前は何と思うかね。

「若かへるてのもみつまで」は春の楓の若葉が秋には赤くもみじするまでの長い時間の表現で、ずっとお前を愛し続けたい、という気持ちの表わし方である。しかも、ここには相手の女のみずみずしい若さから、あでやかに成熟する過程をこの時間の表現に込めている。地名「子持山《こもちやま》」には多産の思いが潜《ひそ》んでいるのだろう。

「寝《ね》もと我《わ》は思《も》ふ汝《な》はあどか思《も》ふ」の二句は、女性への問いかけなのだが、

【語釈】○子持山―群馬県に同名の山が二ケ所ある。(イ)渋川市の北方(一二九六メートル)(ロ)碓氷峠北東(一一一〇メートル)。○若かへるで―楓(カエデ)の若葉。○方言―あ・どか(ナニトカ)。

その女性から同意を得ようとする会話的な表現方法である。問いかけには「あど」「あぜ」あるいは「〜ね」が用いられ、答えを求めようとする。ただし、そこには性急さがあるのではなく、何となくのんびりとした心の余裕を感じる。会話的に呼びかける歌は次にもある。

楊《*やなぎ》こそ伐《き》れば生《は》えすれ世の人の恋《こひ》に死なむをいかにせよとそ　（三四九一）

〔楊は伐ってもすぐに生えてくるものさ。でもこの世の人である私が恋のために死にそうなのを、どうしたらよいというのか。〕

楊に寄せる歌で、その強い生命力が比喩に用いられる。楊の強さに比べると世の人（私）は必ず死ぬ、しかも「恋に死」のうとしていると苦しさを訴えている。五句の「いかにせよとそ」は、もはや自分の方策《ほうさく》は尽《つ》きていることを示して、相手の心に迫っているのだが、なお相手の本心を誘いだそうとする心がある。

恋の訴えはいつも強引で一方的なものだが、この東歌には相手の心を誘う表現を持つ。集団の中で養《つちか》ってきた歌の手法なのであろう。

＊楊—通称ネコヤナギ。「柳」は枝垂れ柳を表す。どちらも挿し木が容易。

31

紫草《むらさき》は根《ね》をかも終《を》ふる人《ひと》の児《こ》のうらがなしけを寝《ね》を終《を》へなくに

【出典】万葉集・東歌・三五〇〇

紫草は根まで使い尽くしてしまうのかなぁ。私が心に愛《いと》しく思う児《こ》をなぁ、まだ共寝《ともね》をし終《お》えないことだのに。

【語釈】○紫草―ムラサキ科の多年草。根が紫色の染料となる。栽培は管理されていた。○うらがなしけ―ウラは心、かなしけはカナシキの東国訛。心がキュンとなるような愛しさの感情を表す。

紫草《むらさきぐさ》に寄せて恋の思いを述べる歌だが、技量巧みである。取り上げる「物」の性質・特性が人々のよく知るものであることが大切な条件となる。この場合は「紫草《むらさき》」の根が高貴《こうき》な染色用植物であり、また薬草であり、誰でも勝手に育てることができるわけではなく監視付き、というような了解の上に立っている。

このように見ると「紫草は根をかも終ふる」には、人々が貴重な紫草の利用法を十分承知しているゆえに深く共感する表現となる。つまり、可憐《かれん》な白い花をつける紫草も収穫時にはその根っこまでも掘り取られ、使い尽くされる、つまり完全に利用されるという感慨《かんがい》である。

「人の児のうらがなしけを」は、自分が可愛《かわい》く思う児《こ》（娘）の様子に、可憐で高貴な「紫草」をイメージとして重ねている。つまり勝手に手を加えられない「人の児」、すなわち未だ親の監視のきびしい娘なのである。そんな娘であるゆえに「根っこごと使い尽くすように」は「寝ていない」と同音ネを用いてつなげていく。

「根をかも終ふる」から「寝を終へなくに」は「根」と「寝」の同音の連想の奇抜《きばつ》さもその効果の要素だが、他に「終ふ」「終へ」と同音を並べている。二句と五句が似たような句でありながら、別のことを表している。結果そこに落ちがついているのだ。

生産にかかわる共通の知識に基づく表現によって聞く人の関心を集中させ、さらに同音を利用して奇抜な落ちへと導いて行く。人々の笑いと喝采《かっさい》を意識したときに巧者《こうしゃ》の技法が冴えてくるのであろう。

声に出して歌うゆえの効果的な表現を身につけた歌と言えよう。

32

春へ咲く藤《ふぢ》の末葉《うらは》のうらやすにさ寝《ぬ》る夜《よ》そなき児《こ》ろをし思《も》へば

【出典】万葉集・東歌・三五〇四

春になると咲く藤の花、その蔓《つる》の末葉《うらば》ではないが、心（うら）安らかに眠《ねむ》れる夜がないことだ、あの児《こ》のことをしきりに思っていると。

【語釈】○藤―藤に呪力があることを窺わせる神話が古事記（応神天皇条）にある。○さ寝―既出12、22参照。

藤は山野に自生する蔓性植物で、春の盛りごろから初夏に近づくと花房《はなふさ》をつける。その花房の芽が少し見え始めた頃、先端の蔓の延《の》びる勢いはすごい。柔らかな緑色が突然増えて木を覆《おお》うようになる。その先端を末葉（ウラハ）と呼ぶ。そんな木の芽の自然の勢いを観察して歌詞にしたところが東歌らしく、他に例をみない独特の表現となっている。

藤は古代からその繊維を用いて綱・籠・笊《ざる》・日常的な衣服などに利用され

ている。しかし、歌の素材として盛んに歌われるのは花の方で、その豊かな花房を浪に見立てて「藤浪《ふじなみ》」という＊歌語《かご》を作り出し、数多く詠まれている。しかも、この表現は＊万葉時代の後期になってからである。日常的に目にする植物から、その花の美を万葉の歌人達が発見したということになろう。

この東歌の表現の特色は藤の伸びやかな先端の葉を捉《とら》えていることである。構造的に見ると、上の二句が序詞《じょことば》、下の三句が本旨《ほんし》となっている。その序詞と本旨のつなぎ方は同音を用いて意味を転換させている。つまり、ウラ（末）葉とウラ（心）やす、が同音ウラを響かせて意味を転換させる手法である。声を出して歌う歌の特色（08参照）が表れている。

一方意味の面では序詞には、藤の花が咲く寸前の先端の葉の瑞々《みずみず》しい時期が捉えられており、本旨の「児」の比喩となっている。導かれる本旨は、その初々しい児（娘）を恋しく思うゆえに眠れぬ夜を過ごしているのであり、独り寝の寂《さび》しさを訴えているのである。

序詞の導く季節感が恋に悶々《もんもん》とする男の心を見事に導き出している歌といえよう。

＊歌語―和歌に用いられる語、雅語とも。

＊万葉時代の後期―平城京遷都（七一〇）を前・後期の区切りとする。

33 谷狭《たにせば》み峯《みね》に延《は》ひたる玉かづら絶《た》えむの心我《わ》が思《も》はなくに

【出典】万葉集・東歌・三五〇七

谷が迫っているので峯に這《は》い上る玉かづらのように、決して二人の仲を絶やそう心など私は思わないことですよ。

読んで快調な歌。しかも伝承性*のある話題の多い歌である。人々によく知られ、くり返し用いられてきた歌なのだろう。構造的には上の三句が序詞、下の二句が本旨となっている。

「玉かづら」は美しいカヅラ（蔓草）の意である。序詞に用いられるばかりではなく単独で枕詞としても用いられる。どちらの場合もこの蔓草《つるくさ》の延《は》いのぼる性質から連想される「絶ゆることなく」、「絶えぬ」、「絶えず」の語を

*伝承性……本の歌が、時間・空間を越えて多少変化しながらも伝わっていくこと。以下にその例。「山高み谷辺にはへるたまかづら絶ゆる時なく見むよしもがも」（⑪二七七五）、「谷せばみ峯辺に延へるたまかづら延へてしあらば年に来ずとも」（⑫

先導《せんどう》する。序詞と本旨は同音の要素と、いつまでもという〈永遠性〉を希《き》求《きゅう》する内容の要素と、二つの働きで関係を作り上げている。

『伊勢物語』*に次のような短い物語がある。

昔、「忘れぬるなめり」と問《と》ひ言《こと》しける女《をんな》のもとに、

谷《たに》せばみ峯《みね》まで延《は》へる玉かづら絶《た》えむと人にわが思《も》はなくに　（三六段）

物語の内容は「昔、「もう忘れてしまったようね」と便りをよこした女があったので、そのもとに」として、返事にこの歌を送ったというのである。その歌はまさしくこの東歌と内容は等しい。詞句《しく》上のわずかな違いに伝承の過程での変化を思わせる。この短い物語は、恋の過程でふと便《たよ》りが間遠《まどお》になった状況を捉えており、なかなかデリケートな感情の交叉《こうさ》がある。どのような対応をこの男がするのだろう、という楽しみがある。

この『伊勢物語』の歌は万葉集にまで遡《さかのぼ》って類歌を見出すことができる。東歌が原点か、或いは東国へ都から流れていった伝承歌か。いくたびも場数《ばかず》を踏んだ歌のようだ。歌の伝播してゆく力を考えさせる例である。

三〇六七）、「丹波道の大江の山のたまかづら絶えむの心わが思はなくに」（⑫三〇七一）など。

*伊勢物語―18脚注参照。

34

み空ゆく雲にもがもな今日《けふ》行きて妹《いも》に言問《ことど》ひ明日《あす》帰《かへ》り来《こ》む

【出典】万葉集・東歌・三五一〇

私が大空をゆく雲であったらなぁ。そうしたら今日ただいま妻のところに尋《たず》ねていって、明日は帰って来ようものを。

【語釈】○もがもな―もがも（願望）、な（詠嘆）、どちらも助詞。

「み空ゆく雲にもがもな」は雲への変身願望である。雲に乗りたいと願うのではなく、空を行き過ぎる雲の早さへの憧れである。今、すぐにでも故郷の妹の元へと通いたい、その往《い》き来《き》を可能にしてくれるのは雲だから……。雲になって通《かよ》って行きたいと願う発想は、誰でも自然に持つものなのか、あるいはなにかの影響があるものなのか。次のようなよく似た歌がある。

(イ) 遠妻《とほづま》の　ここにあらねば……み空行く　雲にもがも　高飛ぶ　鳥にもが

も　明日《あす》ゆきて　妹に言問《ことど》い……（後略）　（④五三四）

〔妻は遠く離れてここにいないので……（私が）空行く雲であったなら、空高く飛ぶ鳥であったなら、明日妹を訪ねて……〕

(ロ)

久方《ひさかた》の天飛《あまと》ぶ雲にあり*てしか君を相見《あひみ》む*おつる日なしに　（⑪二六七六）

〔（久方の）天を飛ぶ雲でありたいなぁ、そうすれば休みなくあなたに会うことができように……〕

(イ)の作者は*安貴王《あきのおおきみ》で、*ある事件が背景にある。王は八上采女《やがみのうねめ》を熱愛し妻としたのだが、そのことが「不敬の罪」とされ、采女は本国因幡《いなば》（鳥取県）に帰還が命じられた。そこでこの長歌《ちょうか》を詠んだ。王《おおきみ》は都《みやこ》にあって、遠く離れた妻のもとを訪ねるために「雲」「鳥」に変身したいと歌う。

(ロ)は作者未詳だが、おそらく旅の途上にある夫への思慕《しぼ》を歌った、都にある妻の歌であろう。遠距離を克服しようとする愛の歌である。

この(イ)(ロ)と東歌の発想は男女の違いがあっても等しい。これら類似の詞句の存在をどのように考えるか、東歌が問いかけてくる課題の一つである。

*てしか―願望の意の助詞。

*おつる日なしに―一日も欠かさずに。

*安貴王―志貴皇子《しきのみこ》の孫。天平期に叙位の記録がある。万葉集後期の歌人。

*ある事件―采女は天皇に奉られた地方豪族階級の娘で、天皇に奉仕することが義務づけられており、他者との結婚は許されなかった。

35

汝《な》が母に嘖《こ》られ我《あ》は行《ゆ》く青雲《あをくも》の出《い》で来《こ》我妹子《わぎもこ》相見《あひみ》て行《ゆ》かむ

【出典】万葉集・東歌・三五一九

お前のおっ母さんに叱られてわたしはすごすご帰って行く、せめて青雲のように姿を見せておくれ愛しいお前よ。一目顔を見て行こう。

人目を忍《しの》んで逢《あ》い引《び》きに出かけたにも関わらず母に見とがめられ、叱《しか》られてすごすご引き返す若者の姿が目に浮かぶ。それでもチラッとでも顔を見て帰りたいと歌う。「青雲の出で来」の表現が新鮮だ。雲間が晴れて青空がパッと現れるように恋人が姿を現してほしい、という願いが込められた表現と思える。やりきれない気持ちが一瞬《いっしゅん》で晴れやかに生き返ってくるような印象となる。

【語釈】○嘖られ—叱られて、「れ」は受け身。○青雲の—青（灰色から白）い雲、素早く動く雲のようにとするのが通常。枕詞とする考えもある。○我妹子—我が妹のような子が原義。いとしい妻、愛しい恋人の意。

切《せつ》ない状況の歌なのだが、似たような体験を持つ若者達はわが身に引《ひ》き替《か》えてその可笑《おか》しさを皆で楽しんでいる雰囲気もある。次のような歌もある。

妹《いも》をこそ相見《あひみ》に来《こ》しか眉引《まよび》きの横山《よこやま》へろの鹿猪《しし》なす思へる　（⑭三五三一）

〔お前に逢いに来たのになぁ。おっ母さんは俺のことを、（眉引きの）横山あたりをうろついている鹿や猪みたいに思って追っ払うんだ。〕

娘の母親の監視の目のきつさを思い知らされると同時に、そのあしらわれ方までがありありと歌われている。一方、娘の気持ちを表した歌もある。

誰《たれ》そこの我《わ》が屋戸《やど》に来喚《きよ》ぶたらちねの母に嘖《ころ》はえ物思《も》ふわれを　（⑪二五二七）

〔どこの誰、家の戸に来て私を呼ぶのは、（たらちねの）母さんに叱られて物思いに沈んでいる私だのに。〕

今叱られたばかりなのに……という娘の切ない立場を歌っている。けれども、どこか自分の人気《にんき》ぶりを誇《ほこ》っている雰囲気もある。年頃《としごろ》の娘には母親のきびしい監視があったことは先の歌（10参照）にもあった。だが、それをかい潜《くぐ》らなければ思いは通じない。似たもの同士の体験は歌ってみればユーモラスでもある。

36

青柳《あをやぎ》の張《は》らろ川門《かはと》に汝《な》を待つと清水《せみど》は汲《く》まず立ち処《ど》ならすも

【出典】万葉集・東歌・三五四六

青柳の芽が萌《も》え出ている川門にあなたを待ちながら、清水はまだ汲まずに、あっちへ行ったりこっちへ行ったりして足もとをならしているよ。

心理の細《こま》やかさを感じる歌、しかも映像的な表現となっている。とりわけ「青柳の張らろ川門に」という逢い引きの場は印象的だ。青柳は通称シダレヤナギで、この枝先が芽《め》ぐむ頃の春の空気の柔らかさ、萌《も》え出る芽の愛らしさなどが感じられ、生命力のある表現である。川門の目印のような柳*と思える。

川門は渡し場でもあり、水汲《みずく》み場でもあり、女の集《つど》う所でもあり、ともか

【語釈】○青柳―本文には「楊」が用いられているが、アオヤギは枝垂れ柳をさす。○張らろ―（芽が）張レルの東国訛。○清水《せみど》―（しみず）。○ならす―平らにすること。

＊柳―30脚注参照。

く村人が集まってくる場所である。市が立ったり、歌垣《うたがき》の場ともなる。そうした人目につくに違いないところを逢い引きの場としている。

いろいろな状況を考えさせられるところがこの歌の魅力のあるところである。水汲《みずく》みの作業は女の日常的な仕事とされていた。その水汲みにかこつけて、何気《なにげ》なく行き会うふりをしたいのだ。彼が現れるのを心待ちにしながら、その微妙にずれている時間を「清水は汲まず立ち処ならすも」の下句で表している。「ならす」は平らにすることで、同じ場所を行ったり来たりする仕草《しぐさ》にいじらしい心が表れている。若い娘の歌のようである。

同じ東歌に次のような場面の歌がある。

恋《こひ》しけば来《き》ませ我《わ》が背子《せこ》垣《かき》つ柳末《やぎうれ》つみ枯《か》らしわれ立ち待たむ　（三四五五）

〔恋しくなったらお出でください。わが兄《せ》よ。垣根の柳の芽をつみ枯らして、私は立ってお待ちしています。〕

右の歌の「垣つ柳末つみ枯らし」は恋人を待ちながら女は柳の若芽を一つずつ摘《つま》んでは足下に散らしているのだ。いじらしさより、凄《すご》みを感じる動作である。同じ〈待つ〉でも印象がくっきりと異なる二つの歌である。

防人歌《さきもりうた》

01

わが妻はいたく恋《こ》ひらし飲む水に影《かご》さへ見えてよに忘《わす》られず

【出典】万葉集・防人歌・四三二二

【作者】遠江国《とほつあふみのくに》の主帳丁《しゆちやうのよぼろ》麁玉郡《あらたまのこほり》若倭部身麻呂《わかやまとべのみまろ》

わが妻はひどく恋い慕《した》っているらしい。私が水を飲もうとするとその水に姿が映って、まったく忘れられないことよ。

防人であるこの男性は*宿駅《しゆくえき》に到着するたびに水を飲もうとして*駅家《うまや》の井戸を覗《のぞ》きこむのであろう。すると水面に妻の姿が映っている。故郷の妻が私を恋しがっているのだなということがありありとわかる。妻への思いが愛《いと》おしさを募《つの》らせてゆく、そうした切ない気持ちを表している。

古代の人々は、相手が強く思っているとこちら側になんらかの兆《しるし》が顕《あらわ》れる、あるいは自分が強く思っていると相手に何らかの兆《しるし》が届く、と信じてい

【語釈】○遠江国（とほたふみとも）―現静岡県。○主帳丁―防人軍団の庶務会計係。○麁玉郡―現浜北市付近。東は天竜川に沿っている。○若倭部身麻呂―伝未詳。○方言―恋ひらし（コフラシ）。かご（カゲ）。

た。離ればなれになっている恋人同士や、親子や、夫婦や、心の通い合うもの同士は霊的《れいてき》な力で結ばれると信じていた。それが、夢に顕れる場合もある。この三・四句の「飲む水に影さへ見えて」はそうした考え方を表している。切実な互いの思いが井《い》をのぞくことによって顕れる。強い思いで心がつながっているということの証《あかし》を歌っていることになろう。

このような信じ方の奥には、井戸には霊的な力があるという観念がすでにあったことを表している。例えば各地に「鏡井戸《かがみいど》」「真姿の井《ますがたのい》」「姿見の井《すがたみのい》」と呼ばれる井戸があり、それに関わった人物（多くは旅人）の伝承が語り残されている。*高野山《こうやさん》には、姿を映して影形《かげかたち》がはっきりしないときには三年以内で死ぬという井戸の占いが伝えられており、今でも旅人達が試みるという。

井戸には不思議な霊力があると強く信じている古代の人々の考えが、こうした旅中の歌や、伝承の物語に表されているとみてよいであろう。

*宿駅・駅家―八世紀初頭の律令制度によって整えられた官道の施設。古代の三十里（約16キロ）ごとに駅家《うまや》（えきかとも）が置かれ、使者の為の替馬《かえうま》、宿、食事が提供された。

*高野山―和歌山県伊都郡高野町、真言宗（宗祖空海）の本拠地。

02

大君《おほきみ》のみことかしこみ磯《いそ》に触《ふ》り海原《うのはら》わたる父母《ちゝはゝ》を置《を》きて

【出典】万葉集・防人歌・四三二八
【作者】相模国《さがむのくに》の助丁《すけのよぼろ》丈部造人麿《はせつかべのみやつこひとまろ》

天皇の下された命令をかしこくも承《うけたま》って、いよいよ船出をすることになるのだ。わが船は、あるときは磯に触《ふ》れ、あるときは海原《うなばら》を渡る。父母を郷里に置いたままで。

各国の防人達は難波《なにわ》に到着すると間を置かずに和歌の進歌《しんか》*が求められたようだ。郷里からの出発時の歌、あるいは旅の途上に詠《よ》まれた歌が取りまとめられる場合が多いのだが、相模の国の場合はどの歌も難波に到着した時に詠んだと思われる表現になっている。

「大君のみことかしこみ」の句は防人歌のなかにしばしば見いだされる。たとえば、上総《かづさ》(⑳四三五八)、武蔵《むさし》(⑳四四一四)、信濃《しなの》(⑳四四〇三)、又、ほ

【語釈】○相模国―現神奈川県。○助丁―国造丁―助丁―主帳丁―火長―上丁の序列があった。○丈部造人麿―伝未詳。○方言―うのはら(ウナハラ)。

*進歌―解説(一一一頁)を

ぼ同じ発想の「かしこきや命《みこと》被《かがふ》り」遠江《とおとうみ》（⑳四三二一）、「大君の命《みこと》に指《さ》れば」下総《しもうさ》（⑳四三九三）などの諸国に渉《わた》っている。おそらく、防人に指名され、行く先々で、あるいは難波*の集結地で、上司や役人からしきりに聞かされたことばなのであろう。いわば命令伝達・拝受の常用語と思われる。それを歌句とした。防人の立場を端的《たんてき》に示すフレーズである。

「磯に触り海原わたる」は海上渡航にひそむ危険や恐怖を表している。「磯」は危険な難所《なんしょ》であり、「海原」は陸地を遠ざかった海洋上にあることの不安を表す。難波から向かうべき九州への海路《かいろ》を想像しているのである。

「父母を置きて」は防人の心情が表れる句である。つまり、上の四句までは絶対的な誓約《せいやく》に身を置き行動することを表しながら、この防人の心情は父母へ向かう。郷里の父母こそが、防人の身を案じ、安全を祈願し続けてくれる心のよりどころだからである。

防人歌には父母への思いを強く表わす歌が多い。そしてこの歌のように、全ての防人に共通する気持を表している歌にもなっている。

参照。

＊難波―現大阪市。港は淀川の河口にあった。

03

八十国《やそくに》は難波《なには》に集《つど》ひ船《ふな》かざりあがせむ日《ひ》ろを見《み》も人《ひと》もがも

【出典】万葉集・防人歌・四三二九

【作者】相模国《さがみのくに》の足下郡《あしがらしものこほり》上丁丹比部國足《かみつよぼろたぢひべのくにひと》

多くの国から防人の出発準備のために難波に人が集い満ちている。私は防人の船の装いに日々精を出している、そんな私の姿を見る人がいてくれたらなぁ……。

「八十国」は多くの国の意で、「難波に集ひ」は日本国中から物資が難波津《なにわづ》に集まっている賑わいを実感している表現であろう。防人の交代期にはその輸送を担《にな》う船団や、物資は尋常《じんじょう》な数量ではなかったことだろう。難波の津の沸《わ》き返るほどの活況《かっきょう》をまずは表している。

「船かざりあがせむ日」は船の装備に関する特別の作業の表現と考えられる。続く歌にも「難波津に装《よそ》ひ装《よそ》ひて……」(⑳四三三〇) とほとんど同じ表

【語釈】○足下郡 (あしのしものこほり) ―相模国の郡名、足柄下郡の略。「足下」は「足柄の下」の略。現神奈川県足柄下郡。小田原の周辺。○丹比部國足―伝未詳。○八十国―八十は数の多さを表し、実数ではない。多くの国の意。

現がある。これらが相模の国の防人の歌であることに注目してみよう。

難波に集結してくる国の中で、この相模国《さがみの》が二月七日、遠江国《とおとうみの》が二月六日、駿河国《するがの》が二月七日と格別に早く到着をしている。二月中に集結という命令期限を考えるとかなり早い到着である（解説の到着順*の表参照）。なんらかの理由があったのではないか。

相模国は造船技術に優《すぐ》れていたことで知られていたようである。「足柄《あしがら》小《を》舟《ぶね》」（⑭三三六七）と呼ばれるように、船脚《ふなあし》の早い軽快な船をさすことばがある。また、「鳥総立《とぶさた》て足柄山《あしがらやま》に舟木《ふなき》伐《き》り……」（③三九一）と詠まれているように、足柄山が船材の伐採地《ばっさいち》としてすでに知られていた。こうした技術を持つ国からの防人には、その経験を見込まれた人達がいたのでは、と想像する。すると、これらは技術者のプライドを示す歌詞と言えよう。

歌は活況を呈《てい》する中にあって、あるいはその賑わいの故に、なお孤独感に襲われている気分を控《ひか》えめに表している。「見も人」とはこの防人の心の中にいつもいる人のはずである。

○方言―見も人も（見ムヒトモ）。

＊到着順―一一二頁参照。

04

真木柱《まけばしら》ほめて造《つく》れる殿《との》のごといませ母刀自《はゝとじ》面変《おめが》はりせず

【出典】万葉集・防人歌・四三四二
【作者】駿河国《するがのくに》の坂田部《さかたべの》首麻呂《おびとまろ》

立派な真木の柱を使って建てた御殿を皆が、立派な家だ、ここで長生きするようにと祝辞をくれたように、丈夫でいてください、母上よ、やつれないように。

上の三句が序詞、下の二句が本旨の構造である。その序詞が本旨の比喩となっていることは「〜のごと」でつないでいるので分《わ》かり易《やす》い。「真木柱ほめて造れる殿」は短いことばでありながら新築の家への祝意を豊かに表している。家造りに関わった人ならではの表現と思える。『日本書紀』の中に古代の新築祝いに用いられた詞章《ししよう》が残されており、その内容とこの序詞が見事に呼応する。それは「室寿《むろほ》ぎ」と呼ばれる長い詞章

【語釈】○坂田部首麻呂―伝未詳。「首」は姓か。○真木―「マ」はそのものが立派であることを讃めることば。「真心」「真澄の鏡」「真弓」など。○ほめて造れる―『日本書紀』顕宗《けんそう》天皇条に「室寿《むろほ》ぎ」と呼ばれる新築の家を讃《ほ》める寿詞《じゆし》が記さ

で、客人の代表が新築をなした主人に祝いのことばを捧《ささ》げるのである。その最初の部分を示すと、

築《つ》き立《た》つる　稚室葛根《わかむろかづね》　造り上げた新築の家の結び綱、
築き立つる　柱は　造り上げた新築の家の柱は
此《こ》の家長《いへぎみ》の　御心《みこころ》の鎮《しづま》りなり　この家主の心の穏やかさだ

このように、建築に用いた材料を一つ一つをほめあげ、さらにそれを用いた家主の心の豊かさや長寿を*言祝《ことほ》ぐという表現方法である。

この「室寿ぎ」は播磨《はりま》の国のエピソードとして記されているものだが、しかし、東国の場合でも新築祝いは似たようなあり方と思われる。招かれた者が家をほめ、その家主の健康を言祝ぐ、家造りに携《たずさ》わった者の心が満たされる瞬間である。このような場を坂田部首麻呂は何度か体験しているのであろう。あるいは自宅の新築体験かも知れない。その多くの人の祝意の籠《こ》もったことばの全てを自分の母に捧げたいのである。

「いませ母刀自面変はりせず」は、母へ敬意をこめた表現である。たくさんの人が長寿を祝ったことば通りに健康でいてほしい、という真心である。

れている。○母刀自―「とじ」は年長で、一家をきりもりする女性の尊称。○方言―まけばしら（マキバシラ）、おめがわり（オモガワリ）。

*言祝ぐ―言葉で祝福すること。祝福する言葉によって守られるという言霊《ことだま》信仰による。（東歌23参照）

05

我妹子《わぎめこ》と二人《ふたり》わが見しうち寄《え》する駿河《するが》の嶺《ね》らは恋《く》しくめあるか

【出典】万葉集・防人歌・四三四五
【作者】駿河国《するがのくに》の春日部麻呂《かすかべのまろ》

——我が妻と二人で見た（波うち寄せる）駿河の嶺《みね》（富士山）は、思い出すたびに、恋しいことだ。——

駿河の国の防人歌は出立時の家族との別れの歌がほとんどで、旅の途中の歌はわずかである。この歌も「我妹子」（妻または恋人）との別離《べつり》の折の歌のようである。つらい別れのはずだが歌には大らかな響きが感じられる。方言がいくつか見られることも関係するのであろうか。
「うち寄する駿河の嶺」は「（浪の）ウチ寄（ヨ）スル―するが（駿河）」の意で、スルを同音で重ねて地名を導く枕詞となっている。「駿河の嶺ら」

【語釈】○駿河国―現静岡県は伊豆・駿河・遠江に分かれ、その中央部。大井川以東伊豆を除く。○春日部麻呂―伝未詳。○うちえする―駿河の枕詞。（波ウチヨスル駿河）の意であろう。波は遙かな異界から送られてくるという幻想を持っては富士山である。この富士山と浪の寄せる駿河の海が「二人」の大切な風景である。この景《けい》を「恋しくめあるか」で結ぶ。二人の思い出のスポットなのであろう。

防人歌の富士山はこの一首のみで、東海道を利用する他国の防人達も富士山は必ず視界に入っていたはずであるが、旅中《りょちゅう》の景としては詠まれていない。この防人歌からは秀麗《しゅうれい》な富士の景観を思い浮かべてしまうが、はたしてこの時代の姿はどのようであったのだろうか。ほぼ同時代の万葉の歌人である高橋虫麻呂*は次のように富士を描写している。

……富士《ふじ》の高嶺《たかね》は　天雲《あまぐも》も　い行《ゆ》きはばかり　飛《と》ぶ鳥も　飛びも上《のぼ》らず
燃ゆる火を　雪もち消《け》ち　降《ふ》る雪を　火もち消《け》ちつつ……　（③三一九）

右の歌では、富士の高嶺があまりに高いので、「雲も近づかず鳥も通わず、山頂の燃ゆる火は雪で消すかと思えば降る雪を火で消して」とあるように、雪の山頂と火を噴《ふ》く様相を描写している。また、富士山の山腹が崩落《ほうらく》状態にあることは東歌の「*……富士の高嶺《たかね》の鳴沢《なるさは》のごと」（⑭三三五八）の表現からも知られる。富士の噴火は『続日本紀《しょくにほんぎ》』（天応元年（七八一）七月）が初出記録で、それ以前の状態は万葉のこれらの表現で想像するほかはない。

おり、駿河の国の神々しさを表している。○駿河の嶺―富士山をさす。○方言―わぎめこ（ワギモコ）　うちえする（ウチヨスル）　くふしくめ（コホシクモ）

*高橋虫麻呂―東歌09脚注参照。

*富士の高嶺の鳴沢のごと―東歌06を参照。

06

庭中《にはなか》の阿須波《あすは》の神に小柴《こしば》さしあれは斎《いは》はむ帰《かへ》り来《く》までに

【出典】万葉集・防人歌・四三五〇
【作者】上総国《かづさのくに》の帳丁若麻續部諸人《ちようのよぼろわかをみべのもろひと》

庭の中に祭る阿須波《あすは》の神に、日々小柴を挿《さ》し替え、私は祈願をつづけよう、お前が無事に帰国するまで。

この歌は防人を送り出した家族の者（父・母・妻）の誰かの作である。若麻續部諸人は出立《しゆつたつ》の朝に伝えられたのであろう。旅中大切に携《たずさ》え、難波で歌を求められたときにこれを差し出したと思われる。

日々の祈願は家族の者の勤めである。この家では庭に祠《ほこら》などを建てて「阿須波の神」を祭っており、その神に精進潔斎《しょうじんけっさい》し、安全祈願を行うことを伝えているのである。「小柴」は神祭りの供え物で、榊《さかき》を奉るのと同じである。

【語釈】○上総国―房総半島（千葉県）を二分して上総下総とする。○帳丁―主帳丁と同義か。会計・庶務の係りである。○若麻續部諸人―伝未詳。ただし「之父」などの欠落があるか。○阿須波の神―『古事記』では大年の神の子として見える。

この「阿須波の神」とはどのような神であろうか。庭に祭られているから屋敷神《やしきがみ》のようである。すると、土地を護る神、家を護る神、というような性格が考えられる。

時代的には後の資料になるが、日本中の神名、宮中の祭神などは『延喜《えんぎ》*式《しき》』が参考になる。宮中の三十六座《ざ》の神が祭られている中に、「座摩神《ゐかすりのかみ》」が五座《ざ》あり、この「阿須波の神」はその中の一座としてある。大宮《おおみや》(宮廷)の地霊として祭られているとされる。宮廷で祭られる神であるという事実と東国の上総《かづさ》(千葉県南部)の防人出身の家でこの神が祭られ、信仰されていたことがどのようにつながるのか。その空間的隔たりに不思議さがある。

ともかく、この家族にとってはもっとも信頼を寄せている神であるゆえに、防人である子の安全を祈願するのである。三年後の帰還を待ちわびている心遣いはどの防人の家族にも通ずる思いである。お守りのように歌を携えているこの防人も日々家族との絆《きずな》の確かさを感じていることであろう。

*延喜式―宮中の年間の儀式・全国の祭神などが記録されている。延喜《えんぎ》五年(九〇五)に完成した。

07

a 難波津《なにはつ》にみ船《ふね》下《お》ろする八十《やそ》楫《か》貫《ぬ》き今は漕《こ》ぎぬと妹《いも》に告《つ》げこそ

【出典】万葉集・防人歌・四三六三
【作者】常陸国《ひたちのくに》の茨城郡《うばらきのこほり》若舎人部広足《わかとねりべのひろたり》

難波の港にみ船を進水させ、船腹にはたくさんの楫《かじ》をつらねて、いよいよ漕《こ》ぎ出すと妻につげておくれ。

b 防人《さきむり》に立たむ騒《さわ》きに家の妹《いむ》がなるべきことを言《い》はず来《き》ぬかも

【出典】万葉集・防人歌・四三六四
【作者】ａに同じ

防人として出立するまでの慌《あわ》ただしさに、妻に家のなりわいのあれこれを詳《くわ》しく伝えず来てしまったよ。

常陸の国の防人歌には二首ずつ詠《よ》んだ三人の防人がいる。その三組の歌の内容を見ると、一首には公的な立場を心得て詠み、もう一首には私情をこめて「妹」への思いを歌う。見事な使い分けが見られる。この若舎人部広足の歌もその典型である。

【語釈】○常陸国の茨城郡―茨城県茨城郡、国府は現石岡市。○若舎人部広足―伝未詳。○立たむ騒き―上総の防人歌に「立ち鴨《こも》の立ちの騒き」（四三五四）の表

aは難波の港が軍事基地化し、賑《にぎ》わいをみせる周辺の景をとらえている。「み船下ろすゑ」は「御船オロシスヱ」を約した表現である。「御船《みふね》」とは官船のこと、おそらく朱塗《しゅぬ》りの船であろう。その船を海上に浮かべ出航のために櫂《かい》を揃《そろ》える。軍船が生き物のように動き出そうとする、そうした緊迫した場面の中でかいがいしく作業に従事する自分の姿を、家郷《かきょう》の妹へ届けたいと願う。どの防人達にも共通する思いであろう。

bは家郷出立時の慌《あわ》ただしさの中で、妻に言い忘れたことを悔《く》やんでいる歌。「なるべきこと」とは家郷での生業《なりわい》について指示すべきことの種々《くさぐさ》である。防人達は家郷にあっては、もっとも頼りとされる働き手であって、基本の農事以外にもさまざまな作業を担《にな》っていたはずである。一家を支えている立場の男ゆえに「防人に立たむ騒き」の慌ただしさの中で言い残してきたことが思い起こされているのである。この歌も防人達に共通した思いであろう。

このように若舎人部広足の二首は、公・私の立場を見事に詠み分けており、作歌の実力を認められていた人物のようである。

現がある。
○方言―さきむり（サキモリ）、いむ（イモ）。

08

天地《あめつち》の神を祈《いの》りてさつ矢《や》貫《ぬ》き筑紫《つくし》の島をさして行《ゆ》くわれは

【出典】万葉集・防人歌・四三七四
【作者】下野国《しもつけのくに》の火長《くわちよう》大田部荒耳《おほたべのあらみみ》

天地の神々に武運を祈り、威力《いりょく》すぐれたさつ矢を貫《ぬ》きそろえた胡籙《やなぐい》を背に、筑紫の島をさして出発してゆくよ、我は。

歌は難波の港を出航し、任地へ赴《おもむ》こうとする気持ちを表している。「天地の神に祈りて」の句には、神々に任務遂行への誓いを立て、合わせて守護を祈願する神祭りの意図《いと》が込められている。簡潔ながら防人としての決意や使命感が表われている。かなり気負った気持ちが感じられるのは、作者の大田部荒耳《あらみみ》が「火長《かちょう》」、即ち兵士十人の長であることの立場によるからであろう。

【語釈】○下野国―現栃木県。○大田部荒耳―伝未詳。○さつ矢―防人が個人的に装備すべき武具として、「弓一張、弓弦袋一口、副弦二条、征箭五十隻、胡籙一具、太刀一口、刀子一枚」(軍防令)がある。そうした武具のシンボルとして「さつ（幸）

それにしても、「天地《あめつち》の神」なる神観念や思想をどのように受け入れたのだろうか。「天地の神」とは、天神《あまつかみ》と地祇《くにつかみ》のことである。天皇家の祖神《そしん》は天上からこの地上に降ってきたアマツカミであって、この地上にもともと根付いていたクニツカミを次第に服従させていった。八世紀の初頭に成った*『古事記』の神話篇はこの地上の秩序化を語っている。だが、東国の防人達は、その村落的生活においてこの秩序を受け入れていただろうか。また、その必要があったのだろうか。村の生活で自分達が祭るカミ（土地神）以外に信頼すべき神などがあったのだろうか。

おそらく防人達に、軍団を組んで任地《にんち》に赴《おもむ》くことが国家的使命であって、したがってその軍団が「天地の神」によって守護されるべき存在であることをくり返し教育されていったのではないかと想像する。国の役人である部領《ことり》使《づかい》などによって、ことあるごとに唱《とな》えられたことばの一つとしてこの「天地の神」があったのではと思えるのである。

防人達は難波への旅の途上で、くり返されるいくつかのことばを通して思想的すり込みが行われていったのではなかったか。八世紀の国家形成期の根幹的思想が地方に及んで行ったありかたが見られるようである。

矢」の表現がある。呪力の籠もった強い矢の意である。○さつ矢貫き―矢を胡籙《やなぐい》などに並べ揃える作業をいう。武人の用語であろう。○筑紫の島―九州全域を表す。

*古事記―奈良時代の始め（七一二）に成立。天武天皇の勅命により、太安万侶・稗田阿礼などが携った。上巻は神話篇、中・下巻は歴代天皇の事跡が物語となっている。

09

ふたほがみ悪《あ》しけ人《ひと》なりあたゆまひ我《わ》がするときに防人《さきもり》に差《さ》す

【出典】万葉集・防人歌・四三八二
【作者】下野国《しもつけのくに》の那須郡《なすのこほり》上丁大伴広成《かみつよぼろおほとものひろなり》

ふたほがみは悪い人だ。私が不都合な状態にあって苦しんでいるというのに、こともあろうに防人に指名するとは……。

この歌には難解な部分があるのだが、先の防人歌08とはまったく異なった精神を感じさせる歌であるので取り上げた。全ての防人歌の中でもその独自性は際《きわ》だっていると思われる。

「ふたほがみ悪《あ》しけ人なり」はズバリと言ってのけているのだが、「ふたほがみ」が難解である。何らかの人物らしいが人の名か、役職名か、あだ名か、悪態《あくたい》か、ともかくよくわからない。とにかく悪い人なのだ。

【語釈】○下野国の那須郡―現栃木県那須郡の地。○上丁―兵士として徴用され得る資格を表す。○大伴広成―伝未詳。○ふたほがみ―難解な語。「がみ」は「守」を意味するか。ただし不確か。「悪し」の枕詞とする見方もあるが、解釈上無理。

「あたゆまひ我《わ》がするとき」は不都合な理由が述べられているのだがこれも難解な語である。方言などに、アタアミ（急な雨・にわか雨＝徳之島地方）、アタヤン（急な病＝八重山地方）などと「あた」が接頭語と思われる例がある。そこでアタ・ユマヒ（＝急な病）と理解する説もある。いずれにしても不都合な状態を表す語であろう。よく分からない語を持ちながら、自分を防人に指名した人物を恨《うら》んでいることはわかる。

防人の指名が諸国でどのように行われたのか定かではないが、いったん指名が決まると撤回《てつかい》は不可能に近い。防人回避《かいひ》は罪を犯し指名時に刑が確定している場合は防人の資格の対象外となるという規定（*軍防令《ぐんぼうりょう》）はある。このような特殊な条件がない限り指名回避はできない。指名に拒否権など発しようがないのであれば、それはあきらめざるを得ない。

このような前提をふまえると、個人的な理由をあげて指名者とおぼしき人物へ抗議を示していることになるこの歌の作者大伴広成《おおとものひろなり》は、相当に我《が》が強い人物ということになろう。防人歌にあってきわめて異例に属する制度批判をはらんでいるが、率直《そつちょく》であるだけにその気持ちは分かりやすい。

○方言―悪しけ人（アシキヒト）。

＊軍防令―国軍の防備に関する「律令《りつりょう》」の規定。

10

むらたまの枢《くる》に釘《くぎ》さし堅《かた》めとし妹《いも》が心は動《あよ》くなめかも

【出典】万葉集・防人歌・四三九〇
【作者】下総国《しもふさのくに》の猨島郡《さしまのこほり》刑部志可麻呂《おさかべのしかまろ》

（むらたまの）くるる戸に釘を刺して固定したように、しっかりと誓い合った妹の心がうわついて動揺などすることがあろうか。

「枢《くる》」はクルルとも、とぼそ（戸（ト）の臍（ホゾ））ともいう。開き戸の回転軸に突起部分のある戸のことである。

この「くる」の枕詞と思われるのが「むらたまの」の語で、万葉歌でもこの一例のみである。解釈は想像の域《いき》だが、ムラタマは文字通り「群玉」で、いくつもの玉が触れあって鳴るような仕掛けになっているのではないか。すると「むらたまの枢」とは、単なる家の戸ではなく、恋人専用の入口に設《もう》け

【語釈】○下総国の猨島郡―現茨城県坂東市の旧郡名に猿島郡がある。○刑部志可麻呂―伝未詳。○方言―堅・めとし（カタメテシ）、な・めかも（ラムカモ）。

られた特別の開き戸を意味しているのではないかと思われる。

「むらたまの枢にくぎさし」は右に見たように枕詞を含みながら上二句が序詞であって「堅め」を比喩的に説明している。つまり、特別の戸に釘《くぎ》を刺して誰にも使えないようにしっかりと固定した如くに、妹と堅め（約束）した、つまり心変わりのないことを誓い合ったのである。

とはいうものの不在の年月の長さを思うと不安がよぎる。それが下句の「妹が心は動くなめかも」の強い表現、つまり決して心が動揺したりはしないという、まるで恋人に念を押すような口調で表している。強いことばの裏に弱い心が潜《ひそ》んでいることを思わせる。

東歌と防人歌とをおおまかに見ると、防人歌は一気に自分の思いを述べてゆく表現が多いのに対して、東歌には序詞形式、すなわち比喩による表現が多彩である。おそらく歌を詠む場の違いによると思われる。そのような目でこの歌を見ると、どちらの要素も指摘でき、内容的にもいろいろ話題を提供してくれる。防人歌にあって興味深い存在感を示している。

11

ちはやふる神《かみ》の御《み》坂《さか》に幣《ぬさ》まつり斎《いは》ふ命《いのち》は母父《おもちち》がため

【出典】万葉集・防人歌・四四〇二
【作者】信濃国《しなののくに》の主帳《しゅちゃう》埴科《はにしな》郡《のこほり》神人部《かむとべ》子忍男《のこおしお》

―（ちはやふる）御坂の神に幣を奉り、峠《とうげ》の神に我が命の無事を祈願することは、我が二親のためである。―

「ちはやふる神の御坂」の「ちはやふる」は「神」の枕詞であって、その意味は「威力の強い神の座《い》ます峠」の意で、さらに「ミサカ」のミは神を意味し、「カミのミ坂」は二重の敬意となる。つまり荒々しい神への畏《おそ》れを上二句は表している。

「幣まつり」は「神へのささげものであるぬさをとりそろえて捧げる」の意で、心を込めた祭りの気持ちを表し、峠の神を鎮《しず》める願いが込められてい

【語釈】○信濃国―長野県。○主帳埴科郡―軍団の会計・記録係りが主帳。埴科郡は現在の埴科・更埴市。○神人部子忍男―伝未詳。神人部は三輪氏（大和の三輪神社の神官の一族）系の部民か。○「知波夜布留」―チハヤフルと清音で記さ

る。この峠越えは急峻《きゅうしゅん》な道に苦しむだけではなく、自然の災害、雨・雪・霰《あられ》・雹《ひょう》・突風・吹雪・雪崩・落雷や、猪・熊などに襲われる危険もあった。地形的にも平野部との境界にあり、自然災害の生じやすい山の位置なのである。したがって、この峠での祭祀《さいし》は旅人にとって重要かつ、懸命な祈願が行われていたと考えられる。

「斎ふ命は母父*がため」は祈りの目的と理由である。すなわち自分の命が旅中安全であることを峠の神に祈願すること、それは、母父を安心させるためであると訴えている。

この信濃の国の峠での祈願と歌は、この時の防人の一行を代表する思いで歌われたものであろう。

東山道《とうざんどう》の信濃（長野県）と西の美濃《みの》（岐阜県）との国境は神坂《みさか》峠（一五九五メートル）と呼び、その険しさは碓氷《うすい》峠ともども有名であった。現在の長野県下伊那郡阿智《あち》村から岐阜県中津川市坂本へのルート（東歌11参照）である。この神坂における峠の祭祀遺跡からは、祭祀器具・石器等が数多く発掘されている。それらの調査からこの峠越えの道は律令官道敷設以前の古代から重要な交通路であったことが明らかにされている。

れている。他の万葉歌はチハヤブル。「神」にかかる枕詞。○ぬさ―幣　神への捧げ物。紙を折って作られたり、木綿（ゆう）で作るのが通常。○斎ふ―神に祈願すること。

＊母父―この語順は母系制の名残と見られている。

12

ひなくもり碓氷《うすひ》の坂を越えしだに妹《いも》が恋《こひ》しく忘《わす》らえぬかも

【出典】万葉集・防人歌・四四〇七
【作者】上野国《かふつけのくに》の他田部子磐前《をさたべのこいはさき》

—（ひなくもり）碓氷峠を越えるときに、妻が恋しく思われて、故郷は忘れがたいことよ。—

【語釈】○上野国—現群馬県。○他田部子磐前—伝未詳。○方言—越えしだに［越ユルシダニ、しだ＝時（行キシナ、帰リシナ、などの使われ方がある）。

「碓氷の坂」は群馬県と長野県の県境となる碓氷峠。東山道の難所の一つである。その峠を越えていくときに、故郷との別れの心を詠んでいる。

「ひなくもり」は「碓氷」の枕詞とみなされている。ここでは「日ナ曇リ」と捉え、日のかげって薄《うす》い日《ひ》、の意《い》に解されている。東歌に「日の暮れに碓氷の山を越ゆる日は…」（⑭三四〇二）とあって、この場合も「碓氷＝薄い日」から「日の暮れに」が枕詞のようにみえる。双方、地名を「碓氷＝薄い日」の印象で捉えるところが共通している。東国の人としては同じ枕詞を用いている意識なのであろう。

この峠を一行が越えることは郷里である上野国（群馬県）との別離を意味する。心のよりどころとしている自国の土地神や、その神に護られている家なる妻・父母・恋人との別れであった。「妹が恋しく忘らえぬかも」は防人達一人一人の気持ちを代弁《だいべん》する表現である。

この峠道は何本かあって、どの道が官道であったのか現在も正確にはわからない。しかし、いずれの峠道も群馬県側からは長い上り坂で、峠の頂から東を振り返ると、関東の広い平野を見晴らすことができる。

この峠にはヤマトタケル*の伝説がある。『日本書紀』には、天皇の命を受けて東国へ向ったヤマトタケルは、帰路に甲斐《かい》・武蔵《むさし》・上野《こうづけ》を経て、碓日坂（碓氷峠）に登った。そのとき東南を望み、走水《はしりみず》*で失ったオトタチバナヒメを偲《しの》び三度「吾嬬《あづま》はや」（＝わが嬬はなあ）と歎き、これに因《よ》って山の東の国を「吾嬬国《あづまのくに》」という、とある。

この伝説にも、峠において妻を偲ぶというモチーフが流れており、この防人達と共通した心情を見出《みいだ》すことができる。

＊ヤマトタケル―出典『日本書紀』景行天皇条。なお『古事記』には足柄《あしがら》坂のこととしている。

＊走水―東京湾にある水路。古代の東海道のコースである。

13

草《くさ》まくら旅の丸寝《まるね》の紐《ひも》絶《た》えば我《あ》が手と付けろこれの針持《はるも》し

【出典】万葉集・防人歌・四四二〇

【作者】武蔵国《むさしのくに》の（物部真根《もののべのまね》の）妻椋椅部弟女《めくらはしべのおとめ》

（くさまくら）旅の丸寝を重ねている内に、思いがけず紐が切れるようなことが起きたならば、私の手と思って繕《つくろ》うのですよ、この針を持ってね。

旅立つ夫に、裁縫道具を準備しそれに添えて渡した歌の趣《おもむき》がある。妻の細やかな心遣いが表れている歌だ。

「草まくら旅*の丸寝の紐絶えば」は旅寝《たびね》を重ねる夫の苦労を思い遣《や》る優れた句である。「くさまくら」は旅の枕詞。「旅の丸寝」は旅姿のままゴロリと寝るありさまをいう。万葉歌で「紐」は夫婦が愛を誓い合って結ぶと歌われることから、旅の途中で自《みずか》ら解《と》くことなどはあり得ない。しかし、何かの弾《はず》

【語釈】○武蔵国―現東京都・埼玉県・神奈川県の一部（多摩川下流部）を含む範囲。○椋椅部弟女―伝未詳。夫は橘樹郡（多摩川下流部現横浜市港北区・川崎市北部一帯）の出身。○方言―「針持《はる》し」（ハリモチ）。

みで切れてしまうことはあり得る。もしそのような事態が起きたときは繕《つくろ》いなさいとうながしているのが下の二句である。

「紐」は「結ぶ」「解く」「絶え」などの語をともなって、恋の思いを託《たく》す歌に用いられている。しかし、この椋椅部弟女《くちはしべのおとめ》の場合は、そうした恋の駆け引きなどが表わされているのではない。まったく夫を疑ってもいない。ただ「絶え」たなら我が手と思ってこの針で繕いなさいと率直に歌う。妻の手仕事を表す下の二句が守護神のように力強い。

武蔵の国の防人歌はその妻との歌ともども進歌したらしく、特色のある構成を見せている。この歌にも夫である物部真根《もののべのまね》の歌が次のようにある。

家《いは》ろには*葦火《あしふ》焚《た》けども住みよけを筑紫《つくし》に至《いた》りて恋《こふ》しけもはも（⑳四四一九）

「家では葦火を焚くような生活だが住み良いものを、筑紫に着いたなら恋しく思われることだろうなぁ。」

夫は筑紫に着いたなら家を思うだろうと歌い、妻は夫の旅先の不自由を思っている。これを一対として見た場合、必ずしもその対応関係が緊密とは言えない。おそらく歌を作った場が違うのであろう。

武蔵の国の場合、防人達が妻の歌を携えていたことがわかり興味深い。

*旅の丸寝—マルネは東国方言か。マロネ。旅中、着物を来たままで寝ること。秀逸な句。習熟を経た表現だ。

*葦火—方言あしふ（アシヒ）。葦を乾燥して日常の燃料とした。煙・煤がでやすい。

14　防人《さきもり》に行《ゆ》くは誰《た》が背《せ》と問《と》ふ人を見るが羨《とも》しさもの思《も》ひもせず

【出典】万葉集・防人歌・四四二五

【作者】昔年防人歌《さきつとしのさきもりのうた》

「防人に出立するのはどこのご主人」と遠慮もなく尋ねている人を見るのが、なんとうらやましくあることよ。何にも憂《うれ》いがないのだから。

【語釈】○背—女性から兄弟・夫・恋人、親しい男性への呼称。

歌の内容から防人の妻の作であることがわかる。「防人に行くは誰が背」は見送る人の中から聞こえてくる声を、そのまま歌詞にしたようだ。「見るが羨しさもの思ひもせず」は、何の心配事のない人が目の前にいるのだ。「羨し」は羨《うらや》ましく思う、の意味。別れの切なさを表しようもなくいる当事者にとって、他人事《ひとごと》と思っている無遠慮《ぶえんりよ》な声ほど身にこたえるものはない。

防人が郷里を出発する時には村人達が見送る場面があったと考えられる。

おそらく家の人との最後の別れの時でもあったであろう。その時に妻が与えた歌と考えられる。一方防人当人は、この歌を心に刻《きざ》んで持ち続け、難波において歌を求められた時に、この妻の歌を提出したということなのであろう。

なお、この一首は、「昔年《せきねん》」の防人歌の中にあるものである。防人の監督的立場にあった大伴家持が防人歌に強い関心を持っていることを知った友人の*磐余諸君《いわれのもろきみ》が、役所に記録されていた昔の防人歌から八首を抜き写して、家持に渡したものであることが知られている。

いずれの年次であっても防人の心情は変わらない。防人の歌はその当人だけではなく、妻・父・母も含んでいる。これらの歌の大多数は個と個が向き合って痛切に別れの心を表すという点に集中している。その動機の明確さが表現を純化させるのであろう。歌に命が与えられるということの原点のように思われる歌々である。

＊磐余諸君―姓《かばね》は伊美吉《いみき》。詳しくはわからないが、当時（天平勝宝七歳）主典《しゅてん》刑部《ぎょうぶ》少録《しょうろく》正七位上とある。刑部省の書記官であった。

東歌・防人歌の作者達

東歌には作者名は記されていないから個人を取り上げるわけにはいかないが、しかし、国名のわかる歌にしろ不明の歌にしろくり返し読んでいると、自ずと詠み手の顔のようなものが浮かび上がってくる。それは仲間に向かって歌いかけている楽しげな顔である。旅にあっても、山や川や田の仕事にあっても、妻問いの苦心の中でも、日々のおのれ達の姿を愛おしんでいる。だからそこに自然な笑いが醸し出されてくる。決して一人で歌っている顔ではない。

一方防人歌の作者達の名は名乗りを上げることができるほど詳細に記されている。時に検校であった大伴家持の肝いりであろう。これら東国の防人達は、東歌の世界とその生活圏を同じくしている。同じ東国の出身者でありながら一人一人が家郷の父・母や妻・恋人に向けて、切々とした別れの表情を持つ。

いはば防人歌には個的な思いが表れていると言うことだが、この歌の背景を丁寧に考えてみる必要がある。防人歌には、防人自身の歌の他に、その父・母・妻（恋人）の歌もある。また、夫婦が別れに際して取り交わした歌も記されている。つまり、防人が孤独に家族を偲んで詠んでいるのではなく、彼らには歌を取り交わす世界を持っているということをである。

東国の歌の文化的土壌を深く広く豊かに想像してみよう。東歌も防人歌も詠み手達はその文化を共通のものとしているのだから。

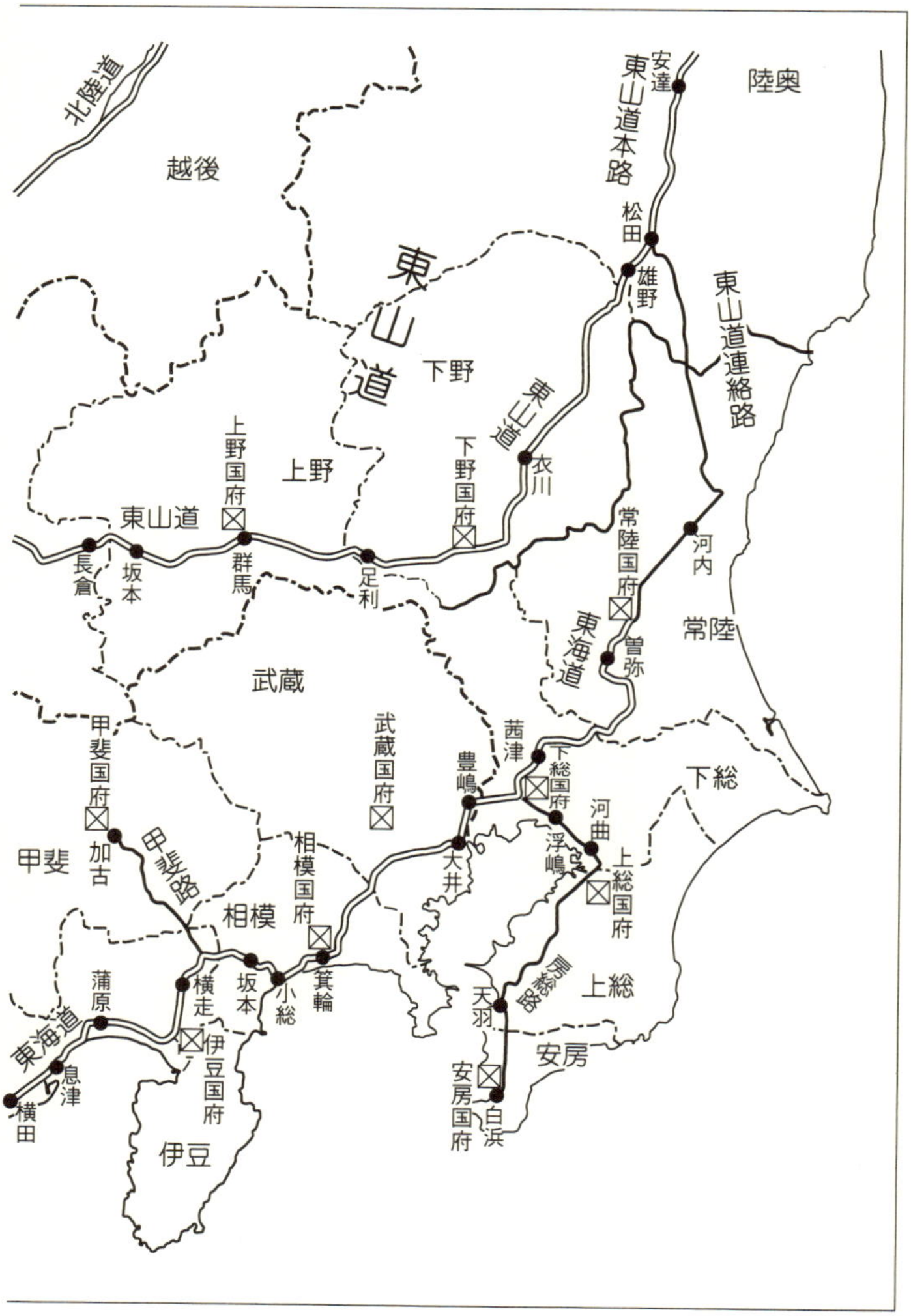
北陸道
越後
東山道
安達
東山道本路
陸奥
松田
雄野
東山道連絡路
下野
東山道
衣川
上野国府
上野
下野国府
東山道
長倉
坂本
群馬
足利
常陸国府
河内
常陸
東海道
曽弥
武蔵
武蔵国府
甲斐国府
茜津
豊嶋
下総国府
下総
河曲
浮嶋
上総国府
大井
甲斐
加古
甲斐路
相模国府
相模
横走
坂本
小総
箕輪
蒲原
東海道
息津
横田
伊豆国府
伊豆
天羽
房総路
上総
安房
安房国府
白浜

東国地図（含東山道・東海道宿駅）

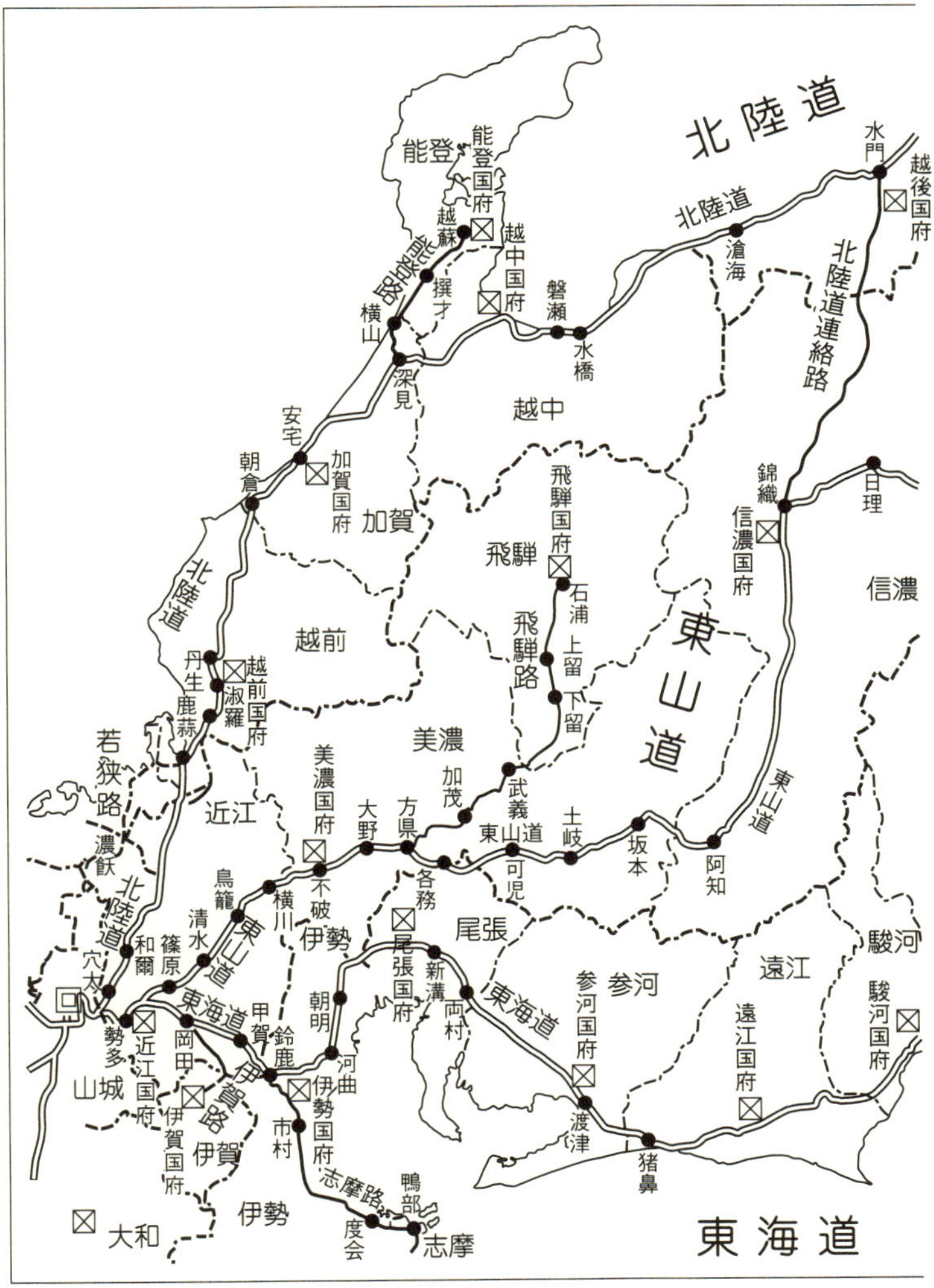

凡例
══ 各道本路
── 支路または連結路
⊠ 国　府
● 駅　家

解説　「東歌・防人歌」――近藤信義

「東歌《あずまうた》」

万葉集巻十四の解説に必要な項目はかなり多いが、ここではなるべく簡潔に述べておきたい。

巻十四は「東歌」の標目《ひょうもく》のもとに二三八首収載されている。二つの大きなグループを持ち、前半は勘国《かんこく》（国名がわかる）歌群九五首、それを東歌・相聞・譬喩歌の部立《ぶた》てに分類し、後半は未勘国《みかんこく》（国名がわからない）歌群一四三首、それを雑歌《ぞうか》・相聞《そうもん》・防人《さきもり》歌・譬喩《ひゆ》歌・挽歌《ばんか》の部立《ぶた》てに分類している。

巻十四全体を東歌と呼んでいるが、実は国名が記された冒頭五首が「東歌」と呼ぶ歌曲名ではないかと見る見方もある。一方、部立てのあり方から、その「東歌」部分が「雑歌」に該当しているとして、歌巻が雑歌・相聞・挽歌の基本的な部立をそろえたものであるとして、全体を整合的に見ようとする考えもある。

東歌の歌巻が誰がいつどのように収録したものか、基本的なところが全く分かっていない。ただし編纂物《へんさんぶつ》としての成立した現在の形態は、いくつかの段階と時間をかけて整理していることは確かである。

先ず東国の範囲は、勘国歌群の配列で知ることができる。（東国地図104・105頁参照）

雑歌＝上総《かづさ》・下総《しもうさ》・常陸《ひたち》・信濃《しなの》

相聞＝遠江《とおとうみ》・駿河《するが》・伊豆《いず》・相模《さがみ》・武蔵《むさし》・上総・下総・常陸・信濃・上野《こうづけ》・下野《しもつけ》・陸奥《むつ》

譬喩＝遠江・駿河・相模・上野・陸奥

律令官道の東海道、東山道《とうざんどう》を、いずれも下り方向順にならべている。この中で、もともと東山道に属していた武蔵国の所属がすでに東海道に入っているのは、実際は東海道をよく利用していたためで、後にそれが宝亀二年（七七一）に公認されたいきさつがある。このような状況を含んで、東歌における東国は東海道の遠江（現静岡県）、東山道の信濃（現長野県）より東という範囲を示している。

未勘国の中で特徴を見せているのは相聞部と防人歌である。相聞部は東歌のほぼ半数を占めているのだが、その編纂方法が巻七、十一、十二にも見える「*正述心緒《せいじゅつしんしょ》」「*寄物陳思《きぶっちんし》」の形式で整理されていることが分かる。このあり方は、東歌の編纂・成立期を推測するための手がかりを示していることになる。

防人歌は五首のみだが、巻二十の天平勝宝七歳の防人歌収集（本書防人歌解説110頁参照）以前の歌の存在が確認できる点が重要である。ただし、この防人歌がどこに保存されていたものか、宮廷所轄の省庁か、あるいは東国のいずれかの国か、その収集に関しての子細が謎である。

東歌が全て短歌形式であることも大きな特徴である。その記録法は一字一音の万葉仮名に

正述心緒―「正《ただ》に心の緒《を》を述《の》ぶ」の意。心情を卒直に表現するスタイル。

寄物陳思―「物に寄せて思ひを陳ぶ」の意。自然物に託して、思い、即ち、心情を表わすスタイル。

よっている。いわゆる万葉仮名には、文字の意味を生かした訓仮名《くんがな》表記と、文字の音を生かした字音仮名《じいん》とがあり、その双方に発明工夫が見いだせる。大きな傾向として万葉集において字音仮名表記は巻十四・十五および十七以降の四巻に特に顕著に見られる用法で、万葉集編纂の最終的段階の表記の特色とみることができる。近年出土するいわゆる歌木簡《*うたもっかん》は、その表記が全て字音仮名であることなどを合わせてみると、歌の表記に関する新たな見解が求められている。

歌形が短歌形式でありながら東歌はしばしば民謡であるとの指摘が見られる。ただし、その概念が定まらず注釈者の見解がまちまちのように思える。したがって民謡説否定と肯定の意見の決着は付いていない。

民謡というとらえ方は、歌がその土地の人々に長く歌い継がれていたであろうこと、馴染《なじ》みの地名があること、類似の発想が見られること、したがってよく謡《うた》われていたと思われる雰囲気があること、などの概念があがってくるが、民謡が短歌形式で謡い継がれるか、という重要な問題も出てきて、その判断がむづかしい。

東歌がすべて短歌形式であるという実際のあり方をどのように見るか。あるいは短歌形式に成り立ちやすい先行する歌謡の形式が東国に存在したのではないかという想定もできる。それは東国の歌を好む風土・風習とも関係があると思われる。たとえば『常陸国風土記《ひたちのくにふどき》』には、よく知られた筑波の嬥歌《かがひ》（歌垣《かがい》―うたがき）の記述がある。春秋の祭りのときに山に入り、男女が歌を交わし、やがて結婚へと発展する機会でもあった、という習俗である。現存する『常陸国風土記』の中の歌には、短歌体と見得《みう》るものや、微妙なところで短歌体にはな

歌木簡―和歌が墨書されている木の札のこと。巾3㎝長さ50㎝強と比較的大きな札で、筆の練習のためのものであったかと思われる。

りきっていないものもある。

要するに、短歌体の原流をどのように求めることができるかの問題である。東歌の歌体研究がこの謎を解く鍵を持っているのかも知れない。

近年、歌垣の研究は中国の少数民族の事例を追って具体的な研究調査が行われている。これらがどのように日本の歌垣を明らかにしてくれることになるか。歌が生み出される原形を求めてさまざまな刺激を、その報告から受けていることは確かである。

東歌の特徴の中に、東歌中や他の巻によく似た歌があることを指摘することができる。本書の「鑑賞」にもそれを、類歌・類句・類型・類想表現*といった用語で説明する場合がある。これらに明確な使い分けの基準があるわけではなく、相互間に似た部分や要素を見出した場合の判断によっているのであいまいな説明用語ではある。ただし大切にしたいことは、なぜよく似た表現があるかという点にある。歌が伝承する（違った土地に運ばれてゆく）事情を物語るのか、あるいは、同一文化圏という言語的な環境もあって似たような発想が起りうると見るか、東歌だけではないが、魅力的な問題を有しているのである。

○

この選集に取り上げた東歌はわずか三十六首であるが、まず冒頭の五首の国名を記された歌は全てとりあげ、そこから出発した。以下、国名のわかる歌、国名のわからない歌の中から任意に選んだが、歌の内容は恋愛感情を主とするものであるといって過言《かごん》ではない。これは東歌全体の性格でもある。しかし、それらの歌が恋の相手である個人に向かって詠まれているかといえば、そのようには思えない雰囲気がある。むしろ歌い手が集団（群）に向かっ

*類歌—歌全体が類似している場合。
類句—同じ表現の句が複数の歌に見出される場合。
類型—歌の型が似ている場合。例えば対句など。
類想—表現しようとする気持が似ている場合。

ている姿勢が感じられる。これは防人歌とはっきりと異なる歌のあり方である。防人歌には、個に向かう場合が圧倒的に多い。

鑑賞のコメントは右のような観点を大切にした。

「防人歌《さきもりうた》」

防人はサキモリと読み慣《なら》わしている。配置される場所が九州北辺の海に突き出たサキ（崎・岬）で、そのマモリ（警備）につくことを意味していた。「防人《ぼうにん》」の用字は唐の制度によるものである。朝鮮半島からの進攻に備える任務を持ち、万葉集には「島守《さきもり》」「埼守《さきもり》」の字例もある。

防人制度が確立したのは大宝律令（七〇一）の制定によって、軍団兵士制が確立し、この制度の中に組み込まれたことによる。以来、東国、即ち東海・信濃・関東一円から兵士が徴集された。ただし、「防人」はすでに大化改新《たいかのかいしん》（六四六）の時に制度化され、実際的には白村江《はくすきえ》の敗戦（六六三）後に運用され始めたと考えられている。その間、東国防人の派遣をめぐっていくつかの変遷があったが、天平宝字元年（七五七）には東国からの防人は廃止されている。したがってこの制度は、始まってほぼ百年の運用期間があったことになる。このほぼ百年の間、防人は辺境の地において戦闘体験を持たなかった。制度下におけるこの状況は交代期の防人の意識の上でも重要な意味があったと思われる。

万葉集巻二十には天平勝宝七歳（七五五）二月に、交代期（三年ごと）に当たっていた軍団の記録がある。この交代は東国の兵士が派遣される最後の機会でもあった。万葉集中の防人歌は巻十四に五首、巻二十に八十四首収集されている。特に巻二十の場合はその収集状況が具体的にわかり、資料価値が高い。その点を簡潔に述べておく。

巻二十のものは天平勝宝七歳二月、東国十ケ国から防人が徴集《ちょうしゅう》され、難波《なにわ》に集結した時の歌である。これが万葉集の防人歌の主たるもので、これに加えて昔年《せきねん》の防人歌九首がある。

防人歌は難波に到着順に記録されている。各国の部領使《ことりづかい》（引率責任者、国司クラスが勤めている）は、到着時に検校《けんこう》（監査役）の指示によって「進歌《しんか》」（歌をたてまつること）が求められた。この役目を担ったのが兵部省《ひょうぶしょう》からの使人《つかいびと》として検校にあった兵部少輔《ひょうぶのしょうふ》大伴《おおともの》家持《やかもち》であった。彼は進歌されてきた歌を受け取るときに次のような書式をもって記録した。

「二月六日、防人部領使遠江國史生坂本朝臣人上、進歌数十八首。但、有拙劣歌十一首、
不取載之」

右のように進歌の日付、部領使国名・官名・氏名・進歌数は統一した書式になっている。つぎに、「但」以下は検校による評価が示された書式で、つまり、「拙劣」な歌は「不取載」とするというもので、これも若干の差異はあるが原則変わらない。

右の書式はおそらく検校であった大伴家持の意向が働いていると考えられるが、とりわけここには防人の名を留めることに関心が払われている。この顕著《けんちょ》と思われる配慮は、別資料の「昔年防人歌」や巻十四の防人歌には名が無いことでもその意図するところが知られる。それは家持が武人として戦場に向う兵士の志を重く受けとめていたからであり、「ますらをは名をし立つべし……」（⑲四一六五）の気概をもって防人達を遇したことを表しているので

あろう。

　各国の防人達は難波に到着すると、ほとんど間をおかずに進歌の手続きをとっていたと考えられる。その順番にしたがって、進歌数と拙劣歌の数を記しておこう。

遠江国	二月六日進歌数十八首	（拙劣歌数十一首）	掲載歌	七首
相模国	二月七日進歌数八首	（拙劣歌数五首）	同	三首
駿河国	二月九日進歌数廿首	（拙劣歌数記載なし）	同	十首
上総国	二月九日進歌数十九首	（拙劣歌数記載なし）	同	十三首
常陸国	二月十四日進歌数十七首	（拙劣歌数記載なし）	同	十首（内長歌一首）
下野国	二月十四日進歌数十八首	（拙劣歌数記載なし）	同	十一首
下総国	二月十六日進歌数廿二首	（拙劣歌数記載なし）	同	十一首
信濃国	二月廿二日進歌数十二首	（拙劣歌数記載なし）	同	三首
上野国	二月廿三日進歌数十二首	（拙劣歌数記載なし）	同	四首
武蔵国	二月廿〈九〉日進歌数廿首	（拙劣歌数記載なし）	同	十二首

右のように実質掲載歌数と進歌数との差し引きが、拙劣歌となっているわけだが、どのような歌が拙劣歌とされたのか、歌への評価が表れる資料であるだけに永遠に失われてしまったことが惜しまれる。また、防人歌の書式の重要な点はすべて一字一音の字音表記であって、これによって方言の表記を可能にしている。

　防人歌は誰に向けての歌であるのか。兵士として旅立つ男は顔を故郷に向けている。見送る家族達は兵士へ向けている。東歌の詠み手が群れ（集団）に向けているあり方と明らかに異なる。しかし、彼らがまったく個的に自己の心情を表しているかといえば、それほど単純ではない。

防人歌は防人自身の歌と防人を取り巻く家族のものとがある。その歌は、避けがたい任務を負わされ、時代の中で誰よりも個を越えた圧倒的な力と向き合わざるを得なかった人々の中からの声である。そこで、それらがどのような場に支えられて詠まれているかを考えてみることが重要なことなのである。つまり彼らをとりまく人々の環《わ》の中にあるということを考えておくべきであろう。まずは防人達個々をとりまく村落的な環がある。その環を通り抜けても軍団という組織体の環があり、その中に位置付けられている。かつて吉野裕《ゆたか》は防人歌の中に国を別にしながらよく似た発想や語句のあることを指摘し、それを〈類同性〉というタームを用いて防人達の環境を説明しようとした（『防人歌の基礎構造』昭和十八年刊）。今やこの認識は防人歌を読む上では常識化しているとはいえ、個々の歌を鑑賞する場合にはなかなかうまく解説しきれないところでもある。だが、防人歌を読む上での基本的な姿勢であることには変りない。

本書には取り上げる歌が限られているので、まずは各国から必ず一首、昔年《せきねん》の防人歌から一首、計十四首をとりあげた。防人歌への案内となれば幸である。

読書案内

水島義治『校註万葉集 東歌・防人歌―改訂増補版―』 笠間書院 一九七四
著者の東歌・防人関係の長年の研究成果を一冊のテキスト形式にまとめ上げた書。解説を含め、この一冊で全歌を見渡すことができる。

○

中西 進『万葉集 全訳注・原文付』（三）（四） 講談社文庫 一九八一～八三
本書は全四冊の注釈書。付録に「万葉集事典」一冊を加える。文庫版で手軽く扱えながら万葉集の読解のための必要事項は満たされている。東歌は（三）に、防人歌は（四）に収載されている。

○

犬養 孝『万葉の旅（中）近畿・東海・東国』 平凡社 一九六四
『万葉の旅』（上）（中）（下）三冊本は教養文庫（昭和三十九年刊 社会思想社）の名著として名高かったものを現出版社が再刊した。万葉の故地を踏査した上で地名と縁《ゆかり》のある歌を解説した。地名・地図・現地写真の情報が豊かである。

○

加藤静雄『万葉東歌の世界』 塙新書 二〇〇〇
万葉集の東国歌を長年にわたって研究し、その著作は専門書となっているが、それらの成果をふまえて、新たに東歌、防人歌の世界を構想した書。歌々の諸相を平易な表現で展開した。

○

神野志隆光・坂本信幸　企画編集『万葉の歌人と作品　第十一巻　東歌・防人歌　後期万葉の男性歌人たち』和泉書院　二〇〇五

入門書とするにはやや専門的な内容だが、当該分野の研究史・研究書・関連論文などをくまなく紹介しており、研究を志ざそうとする学生諸君には利用価値が高い。

○

辰巳正明『歌垣—恋歌の奇祭をたずねて』新典社新書　二〇〇九

日本古代の文献に見られる「歌垣」の事例の紹介と中国広西省に住む少数民族のチワン（壮）族、貴州省南部に住む少数民族のトン（侗）族の現在の歌垣のレポートである。

○

瀬古　確『東歌と防人歌』右文書院　二〇〇九

二編の構成、第一編は東歌・防人歌のさまざまな作歌背景を考察しつつ多くの歌を分かり易く取り上げている。第二編は東国の万葉ゆかりの地を自身で探訪し、歌と地名との解説を施している。著者と一緒に楽しめる書物となっている。

【付録エッセイ】

古代の旅（抄）

『万葉集の叙景と自然』（新典社　一九九五年七月）

野田浩子

野田浩子《のだひろこ》［一九四三・三―一九九四・七］東横学園女子短期大学（現東京都市大学）助教授。日本古代文学専攻。『万葉集の叙景と自然』は遺著。

1　旅のさまざま

農耕の旅　『万葉集』10・二二四九「田居《たゐ》に廬《いほり》してわれ旅にあり」などから田作《たづく》りも旅とみなされていたことがわかる。館野和己「みやことさとの往来」（日本の古代9『都城の生態』中央公論社、87年）によれば、田作りに往還するための過所木簡《かそもっかん》（関所の通行手形）が出土しているという。住居の遠近にかかわりなく、日常生活空間と寝食を別にするために田に廬《いおり》が作られたと考えてよいだろう。田は神のいます所、すなわち異郷であるから、田作りは旅とみなされていたのであろう。

婚姻の旅　『万葉集』12・二九〇六には「他国《ひとくに》に結婚《よばひ》に行きて」とあり、恋の通《かよ》い路《じ》も旅であったことがわかる。恋は非日常的なもの、巡行《じゅんこう》する神に自らを転移することだから人間の時間ではない夜の道を行くことも可能であり、村内婚《そんないこん》でも恋人を訪れることは旅とみなされていたと思われる。

課役《かえき》　調《ちょう》・庸貢納《ようこうのう》のため各国から毎年班田《はんでん》農民が上京したことは賦役令《ぶやくりょう》などから推測できる。調に付けられた木簡も数多く出土しているが運脚《うんきゃく》（貢納する税を運搬する者）や仕丁《しちょう》・衛士《えじ》（宮中の雑務や護衛に当たる者）などのことは『万葉集』には見られないが、藤原宮造営の用材を川を利用して運送する役民《えきみん》（1・五〇）と筑紫に赴く防人《さきもり》たちの歌（20・四三二一以下）があり、『日本霊異記《りょういき》』上巻7話には備後《びんご》国の三谷の大領が百済《くだら》に旅《いくさ》に遣わされたという記述がある。「旅」を「いくさ」と訓んでいる。防人も総じて防人に行くことを旅（20・四三四三など）ととらえている。

官人公用　官人公用のさまざまな旅も『万葉集』からうかがえる。国府の役人は四度《よど》の使いといわれる大帳使《だいちょうし》（戸籍の報告、17・三九六一左注など）、税帳使《ぜいちょうし》（国の財務報告書である正税帳《しょうぜいちょう》の提出、19・四二三八左注など）、貢調使《こうちょうし》（調・庸貢納）、朝集使《ちょうしゅうし》（国・郡司の勤務状況などの行政報告書である朝集帳を提出、18・四一一六題など）として毎年上京した。相撲部領使《すまいのことりづかい》（七月七日の相撲の節会に天覧の力士をつれて上京する使者、5・八六四序など）、防人部領使《さきもりのことりづかい》（20・四三二七左注など）などでも上京し、当然従者（相撲使の従人《ともびと》、5・八八六序）もいた。中央からも国府の役人の他にも節度使《せつどし》（各国の軍団の統轄、西海道節度使、4・六二一題など）、擢駿馬使《てきしゅんめし》（駿馬を求める使い、6・九六二題詞）、駅使《はゆまづかい》（6・九六二左注など）、造寺別当《ぞうじべっとう》（筑紫観世音寺、3・三九一題）など、さまざまな公用で頻繁に旅に出ることになったようである。さらに遣唐使《けんとうし》（1・六二など）、遣新羅使《けんしらぎし》（15・三五七八以下）など外国まで出かけることもあった。

行幸従駕《ぎょうこうじゅうが》　行幸は『万葉集』巻一・三・六などに従駕《じゅうが》の官人たちの歌が見られるが、特に持統《じとう》・聖武朝《しょうむちょう》はさかんだったようだ。行幸は天皇の国覓《くにま》ぎ（よい土地を求めること）でその地の支配権の確認の儀式化したものと思われる。官人たちはそれに従駕し、あらかじめ離《り》宮《きゅう》造営に派遣されたりして、多くの旅を体験している。

交易《こうえき》　『万葉集』には「住吉の岸の黄土《はにふ》」（染料、7・一一四八ほか）、「信濃の真弓」（2・九六など）、記紀歌謡には「山城の大根《おほね》」（『古事記』歌謡六三ほか）など特産物らしいものが見いだせる。調という税制があり、各地の特産物が都に運ばれていたが、それらは商品としても京の東西の市に持ち込まれていたと思われる。基本的には役人と班田《はんでん》農民で成り立っていた律令国家にも多くの商人がいて交易のための往還がしきりに行われていたようである。擢駿馬使《てきしゅんめし》などというのもあったから、役人たちも必要に応じて物資調達に出かけたと思われる。『万葉集』には大仏造営の朱が不足していることを題材にした戯歌《ぎか》（16・三八四一など）や、土師《はじし》に黒土がほしいだろうとからかう歌（16・三八四五など）もあり、そのあたりを想像させる。

宗教的な旅　皇女の伊勢参宮（1・二二など）も旅だろう。『続日本紀《しょくにほんぎ》』には諸社への奉幣《ほうへい》使《し》が散見し、仏教関係では外国まで出かける留学僧（『霊異記』上巻6話など）、また国内を修行のために移動する僧（『霊異記』下巻2話は摂津《せっつ》国の人が熊野で修行し京の興福寺の沙門になっているなど）が描かれている。東大寺僧平栄《へいえい》は寺の墾田《こんでん》経営のために越中《えっちゅう》に赴いている（18・四〇八五題）など宗教活動のための旅もあった。坂上郎女《さかのうえのいらつめ》は賀茂《かも》神社に参拝している（6・一〇一七題）から氏単位での信仰上の旅もあったと思われる。

配流《はいる》の旅　官人赴任とは少々異なるが配流《はいる》による旅（15・三七二三以下、など）もあった。

芸能者の旅　『万葉集』には乞食人《ほかいびと》の詠《うた》（16・三八八五など）もあるから芸能を奉じて移動する人びともいたと思われる。

湯治《とうじ》の旅　少し変わったところでは湯治に出かけるということもあった（3・四六一左注など）らしい。旅は必ずしも強制されたもののみではなかったようである。

2　交通手段

徒歩《かち》　交通路は五畿七道《ごきしちどう》が天武朝のものを基本として大宝令《たいほうりょう》でほぼ完成したという（館野和己前掲論文）。古代の道はおおむね最短距離の直線路であったようだ。「真木《まき》立つ　荒山道《あらやまみち》を　石《いは》が根　禁樹《さへき》おしなべ」（1・四五）のように険しい山越えの道も多かったし、「刈株《かりばね》に足踏《あしふ》」（14・三三九九）むような悪路であったし、架橋技術も広範囲に及んでいたわけではないから、基本的にはすべて徒歩であった。駅伝《えきでん》の制があって官人公用には馬が利用されたにもかかわらず、租税《そぜい》貢納の際は運脚を引率する役人も徒歩であった。

馬　旅で頻繁に用いられたのは馬であった。駅伝の制が敷かれ、幹線路の駅には駅馬《えきうま》を飼育し駅務にあたる駅戸《えきこ》が定められており、国衙《こくが》と郡衙《ぐんが》の間は伝馬《でんま》が用いられた。「鈴《すず》が音《ね》の早《は》馬駅屋《ゆまうまや》」（14・三四三九）といわれ、駅馬は火急の時に用いられた。官人の公用にはこの駅馬・伝馬が公用であることを証明する駅鈴《えきれい》がつけられて用いられたが、「鈴掛《か》けぬ駅馬《はゆま》下《くだ》れり」（18・四一一〇）のように公用でなくても官人およびその家族が駅伝を利用することもあったのかもしれない。

船　船もかなり利用されたようである。西海道は陸路と海路が定められており、外国船も難《なに》波《わ》まで来ているし、遣唐使も、九州へ赴く防人たちも難波から船で出立している。瀬戸内海は幹線要路であった。角鹿津《つぬがのつ》で船に乗った笠金村《かさのかなむら》の歌（3・三六六題）があるが、越中方面に向かったのであろうか。伊勢《いせ》行幸に従駕した宮女の船乗り（1・四〇など）を人麻呂は歌っているが、伊勢・伊良虞《いらご》間の渡航は東海道の一部と見てよかろう。琵琶湖舟航は高市黒人《たけちのくろひと》の歌（3・二七三など）にも見られるし、『霊異記』中巻24話は敦賀《つるが》で交易した荷を舟で運んでいる。瀬田川・宇治川・木津川・淀川・大和川などは物資輸送に大いに利用されたようである。藤原宮造営の用材も瀬田から宇治川・木津川を筏《いかだ》にして流している。さらに平城京内には東西の市に通じる堀河があったという（松原弘宣『日本古代水上交通史の研究』吉川弘文館、85年）。租税貢納は徒歩で行われたが、運脚料を積み立てて造った課船も存在したという（館野和己前掲論文）。

輿《こし》・車　天皇の行幸には輿《こし》が用いられた（1・七八題）が、『続日本紀』文武二年二月五日条などには車駕ともある。どのようなものであったかは不明である。車については物資の輸送に用いられ、平安時代には「賃車之徒」といわれる輸送業者も存在した（館野和己前掲論文）ようであるが、正倉院文書《しょうそういんもんじょ》にも東西の市を中心とした京内、物資集積地周辺、造東大寺司山作所などでの車による物資の輸送がみられるという（加藤友康前掲書）。

3　宿

野宿《のじゆく》　駅家《えきか》や郡衙《ぐんが》は官人公用の宿泊施設として用いられたが、他は野宿であった。宿屋のようなものは鎌倉時代まで下らないと見いだせないという（沢寿夫『旅の今昔物語』講談社学術文庫）から、古代の旅はほとんど野宿であったと思われる。「草枕」が旅の枕詞であるのも草を結んで枕としたからだといわれる。防人はもちろん、官人たちも、時には皇族すら野宿であった。

仮廬《かりいお》　天皇は離宮を利用することもあったが、「わが背子《せこ》は仮廬《かりほ》作らす」（1・一一）の中《なかつ》皇命《すめらのみこと》紀伊行幸の折の歌のように、臨時の廬《いおり》を作って宿とする場合もあった。官人が仮廬に宿ることもあったのであろう。その場で木材を組み、草を壁代や屋根とするごく簡略なものであったようだ。

宿借《やどか》る　「あしひきの山行き暮し宿借《やどか》らば妹《いも》立ち待ちて宿貸《やどか》さむかも」（7・一二四二）は宿を借りることもあったことを想像させる。越中国守《えっちゅうのこくしゅ》の家持は墾田《こんでん》検察に出かけて部下の家に宿っている（18・四一三八題）し、帰京の際はかつての部下で越前掾《えちぜんのじょう》となっていた池主《いけぬし》の館に寄っている（19・四二五二題）。つてさえあれば利用されたであろうが、庶民にはほとんどないことだったと思われる。館野和己（前掲論文）によれば東大寺や行基《ぎょうき》などの手によって布施屋《ふせや》が八世紀には畿内に九か所ほど設けられていたという。課役で上京し帰郷できずに餓死する者もいたから、食料や医薬を施し、駅馬伝馬を利用できない人たちを宿泊させたようである。また都には調貢納にかかわる調邸《ちょうてい》という建物が市の近くにあったらしい（栄原永遠男「都城の経済機構」日本の古代9『都城の生態』中央公論社、87年）。

駅家《えきか》・郡衙《ぐんが》・常平倉《じょうへいそう》　官人公用には駅家・郡衙などが用いられたが、租税貢納の運脚たちは利用できず、引率の官人もその折は野宿した。運脚は上京の際は国郡司に引率されたが帰郷に関しては規定がない。おそらく役人たちは官納の諸手続などで滞京し、運脚たちは各自帰国したと思われるが、帰路の食糧も十分ではなく、路傍《ろぼう》に倒れるものが多かったので、天平宝字三（七五九）年五月には食糧・医薬の支給を京の官や国司らに命じて常平倉を設けている。あるいは宿泊も可能であったかもしれない。防人も運脚も食糧・炊飯道具持参であり、『日本書紀』大化二（六四六）年三月、役民が路傍で炊飯するのに祓除《はらえ》をさせる習慣があるのを禁じる記事がある。他火《たび》を忌《い》むことによったと思われるから、人家から離れた水辺や野原・山中で野宿したと思われる。『万葉集』に散見する行路死人《こうろしにん》歌が水辺・山中のものであることも、これらとかかわるかもしれない。船中で宿泊ということもあったようだ（7・一二三五など）。

4　旅の装束《しょうぞく》

旅の装束に関してはほとんどわからない。「旅衣《たびころも》八重《やへ》着重《きかさ》ねて寝《い》のれども」（20・四三五一）「今年行く新島守《にいさきもり》が麻衣《あさころも》」（7・一二六五）などから考えれば旅衣は幾重にも着重ねるものであったかもしれないし、その衣は麻で作られたのかもしれない。麻の衣は葬儀の折の装束（2・一九九）でもあるし、恋人の衣（7・一一九五）でもあるようだ。「旅の丸寝《まろね》」（20・四四二〇など）「紐解《ひもと》くな」（20・四三三四など）とあって、下紐を解かずに着たまま寝たようである。「脚帯手装《あゆひたづく》り」（17・四〇〇八）の「あゆひ（足結）」は歩きやすいように足を縛る旅装、「手装り」は同じく行動に便利なような手ごしらえである。軍防令《ぐんぼうりょう》の兵士（防人・衛士）の携帯品のうち脛巾《はばき》と鞋《からわらぐつ》・藺帽《いかさ》が身につけるものとして挙げられる。足結して脛巾をつけ、素足に鞋を履き、藺で編んだ笠をかぶったのであろう。

5　旅の儀礼

出立《しゆつたつ》　「父母が頭《かしら》かき撫《な》で幸《さ》くあれて言ひし言葉《けとば》ぜ忘れかねつる」（20・四三四六）から、出立時には保護者が袖（20・四三五六など）や裾（20・四四〇八）などで旅立つ者の身体を撫《な》で、無事を祈ることばを発したことがわかる。袖は振れば招魂が可能であるし、裳の裾は鎮懐石伝説《ちんかいせき》（5・八一三序など）もあって霊力のこもるところ、保護者の霊力が身体に付着して旅中もその保護が持続するということであろう。

言問《ことどい》　出立に際し、旅立つ者と残る者の間で、互いの無事を祈ることばとそれを実現させるための行為を言い合う。増田茂恭はこれを言問《ことどい》の呪礼《じゆれい》という（「家持にとって防人歌とは何か」『家持の歌を〈読む〉』古代文学会、86年）。さきの防人歌の「幸《さ》くあれ」や「平《たひら》けく」（17・三九五七など）「早帰《はやかへ》り来《こ》」（1・六二一など）「斎《いは》はむ」（20・四三九八など）などがそれにあたる。防人が物言わず来た（20・四三七六など）と歌うのは言問をして来なかった不安をいっていると思われる。再会の日のことを歌うのは旅が無事に終わることを意味し、旅立つ者が残る者を寿《ことほ》ぐ（20・四三二六）のも現在の状態がそのまま保たれてこそ旅行く者の無事が保証されるからである。

かざし　「庭中《にわなか》の阿須波《あすは》の神に小柴《こしば》さしあれは斎《いは》はむ帰《かえ》り来《く》までに」（20・四三五〇）は、土地神に旅中の加護を祈る。この小柴は幣であろう。あるいはさらにこれを身につけたのかもしれない。「萩の初花《はつはな》を折りて挿頭《かざさ》さな旅別《わか》るどち」（19・四二五二）ともある。植物をかざしやかづらにするのはその生命力を身に付着させることである。防人が、母や妹が花であったらと歌うのもこれによるのであろう。

衣・針を贈る　「妹《いも》なねが　作り着せけむ　白栲《しろたへ》の　紐をも解《と》かず」（9・一八〇〇）とあるから、旅立ちに際し女が男の着物を作って贈ったり、「難波道《なにはぢ》を行きて来《く》までと吾妹子《わぎもこ》が着《つ》けし紐《ひも》が緒《を》」（20・四四〇四など）のように、紐を改めて縫うことで衣を作る代わりとしたようだ。また、紐が切れたらこの針でつけなさい（20・四四二〇）という歌もあり、旅に針を持たせたことを想像させる。衣は魂の入れもの、針は布を衣に変える不可思議なもの、妹の針で縫えば、たとえ旅先であっても、妹の縫った妹の霊のこもった衣と同じことになるのであろう。

餞宴《せんえん》・飲酒　官人赴任等では餞宴が行われたが「韓国《からくに》に行き足《た》らはして帰《かへ》り来《こ》む丈夫建男《ますらだけを》に御《み》酒《き》たてまつる」（19・四二六二）のように酒を飲んで無事が祝われた。酒は神のものである。その呪力を身につけるのであろう。

見送り　「松の木《け》の並《な》みたる見れば家人《いはびと》のわれを見送ると立たりしもころ」（20・四三七五）のように残る者は見送りをした。防人達が難波から船出する時に見る人（母）がいてほしいと歌う（20・四三八三など）のは、見送りが出立時の大切なものであったからであろう。見送りは途中までついて行く場合もあった。家持の越中赴任に際し、弟書持《ふみもち》は泉川まで送っている（17・三九五七）し、大宰府の官人たちは蘆《あし》城《き》（4・五四九題など）や夷守《ひなもり》（4・五六七左注など）の駅家まで行きそこで餞宴を設けている。

道中《どうちゆう》　見送りを受けて出立した旅人は「道の隈《くま》　いつもるまでに」（1・一七）と、曲がり角ごとに故郷をふり返りつつ歩を進めた。望見《ぼうけん》は故郷と自らを結ぶ呪的な力をもつものであった。境の地では望見（1・七八題など）と袖振り（14・三四〇二）による魂合（離れている者同士の紐帯を知覚すること）が行われたようだ。

手向《たむ》け　異郷を通過する際はその地の神々に手向けをする。「対馬《つしま》の渡り海中《わたなか》に幣《ぬさ》取り向けて」（1・六二）「磐国山《いわくにやま》を越えむ日は手向《たむ》けよくせよ荒しその道」（4・五六七など）のように『万葉集』で幣を奉げたと歌われる場所は地理的難所と思われる。そういう難所では「家にあれば笥《け》に盛《も》る飯《いひ》を草枕旅にしあれば椎《しい》の葉《は》に盛る」（2・一四二）のように神饌《しんせん》を捧げたりもした。「ちはやぶる金《かね》の岬《みさき》をすぐれどもわれは忘れじ志賀《しが》の皇神《すめかみ》」（7・一二三〇）のように神への感謝を言挙《ことあ》げ（ことばに出して言うこと）するものもある。歌も神々への手向けであったようで、土地讃めの歌も捧げられた（3・三〇四など）。

歌は荒都《こうと》（1・二九など）、墓（3・四三一など）、死者のいる所（2・二二〇）などでも歌われ、荒ぶる霊を鎮魂して自らに災いが及ばぬようにした。

待つ者　家に残る者もさまざまな形で潔斎《けっさい》した。『万葉集』には神の社に幣《ぬさ》を奉り（20・四三九一）、「たすけよ」（4・五四九）「恵みたまはな」（17・三九三〇）「斎《いは》へ」（19・四二四〇）と旅行く者への神の加護を祈り求める。家内では「床の辺に」「斎瓮《いはひべ》を据ゑ」（17・三九二七）、その前で「木綿取り持ち……和細布《にきたへ》奉り」（3・四四三）、「竹珠《たかだま》を　しじに貫《ぬ》き垂れ」（9・一七九〇）、白髪《しらか》や裳《も》をつけ（19・四二六五）、潔斎の装束で旅行く者の無事を神に祈った。右はいずれも旅行く者の母・女帝・叔母など、女の保護者が行っている。また、「梳《くし》も見じ屋内《やぬち》も掃《は》かじ」（19・四二六三）とあり、『古事記』の中で伊予《いよ》に配流になった軽《かるの》太子《みこ》は「わが畳《たたみ》ゆめ」と言っているから、床も動かさず、別れた時の状態をそのままにしておくことも潔斎の一つであったし、旅行く者同様、紐、帯は解かず（20・四四二二など）に寝た。「白妙《しろたへ》の袖《そで》折り返し　ぬばたまの黒髪《くろかみ》敷《し》き」（20・四三三一）て寝たりもしたが、共寝《ともね》が袖差し交す形で（11・二四一〇など）折り返すのは夢で会う呪術だという。夢の逢瀬《おうせ》は袖《そで》振《ふ》りと同じ魂合で、旅人の無事の証明と考えられた。

帰郷　いよいよ故郷が近くなると、出立時に行ったことを逆にたどることで帰郷が確認されたようである。故郷見おさめの地で往きに望見したが、帰りもまたその地で改めて故郷を見る。「明石《あかし》の門《と》より大和島《やまとしま》見ゆ」（3・二五五）は、往きに同じ場所で「漕《こ》ぎ別れなむ家のあたり見ず」（3・二五四）と歌ったのと対応している。留守中掃くことをしなかった家人は「かき掃《は》きてわれ立ち待たむ」（5・八九五）と改めて掃くことをし、紐解かず寝て、見送りをしたのが「紐解き放《さ》けて立ち走りせむ」（5・八九六）と出迎える。餞宴で送り出したものは宴を設けて迎える（17・三九六一左注など）。別れの宴の酒は迎えの宴でも饗《きよう》される（6・九七三）。待酒《まちざけ》といった（4・五五五）。おそらく言問《ことどい》も行われたであろう。無事で行けという出立時の言問は、無事で戻ったという言問によって改めて旅の完了、日常への帰着となったはずである。出立の際の旅の無事祈願の願ほどきもなされたであろう。有間皇子《ありまのみこ》の「浜松《はままつ》が枝《え》を引き結びま幸《さき》くあらばまた帰《かへ》り見む」（2・一四一）も、ここへ戻った時に祈願の結びを解くことを歌っているのではなかろうか。神々へも帰着が報じられ願が解かれて日常へ戻ったと思われる。ただし帰郷に関する歌はほとんどなく、出立の時に、帰る日にはこうしようというものばかりである。

近藤信義（こんどう・のぶよし）
＊1938年東京都生。
＊國學院大學大学院文学研究科博士課程修了。
博士（文学）
＊現在　立正大学名誉教授。國學院大學大学院客員教授。日本古代文学。
＊主要著書・編著
『枕詞論―古層と伝承』（桜楓社、1990）
『音喩論―古代和歌の表現と技法』（おうふう、1997）
『万葉遊宴』（若草書房、2003）
『修辞論』（編著、おうふう、2008）
『音感万葉集』（塙新書、2010）など。

東歌《あずまうた》・防人歌《さきもりうた》　コレクション日本歌人選　022

2012年3月30日　初版第1刷発行
2018年10月5日　初版第2刷発行

著者　近藤信義
監修　和歌文学会

装幀　芦澤泰偉
発行者　池田圭子
発行所　有限会社　笠間書院
東京都千代田区神田猿楽町2-2-3［〒101-0064］
電話　03-3295-1331　FAX　03-3294-0996

NDC分類 911.08

ISBN978-4-305-70622-5

印刷／製本：シナノ
（本文用紙：中性紙使用）

コレクション日本歌人選　第Ⅰ期〜第Ⅲ期

＊印は既刊。

第Ⅰ期　20冊　2011年（平23）2月配本開始

1	柿本人麻呂＊	かきのもとのひとまろ	高松寿夫
2	山上憶良＊	やまのうえのおくら	辰巳正明
3	小野小町＊	おののこまち	大塚英子
4	在原業平＊	ありわらのなりひら	中野方子
5	紀貫之＊	きのつらゆき	田中登
6	和泉式部＊	いずみしきぶ	高木和子
7	清少納言＊	せいしょうなごん	圷美奈子
8	源氏物語の和歌＊	げんじものがたりのわか	高野晴代
9	相模＊	さがみ	武田早苗
10	式子内親王＊	しょくしないしんのう（しきしないしんのう）	平井啓子
11	藤原定家＊	ふじわらていか（さだいえ）	村尾誠一
12	伏見院＊	ふしみいん	阿尾あすか
13	兼好法師＊	けんこうほうし	丸山陽子
14	戦国武将の歌＊		綿抜豊昭
15	良寛＊	りょうかん	佐々木隆
16	香川景樹＊	かがわかげき	岡本聡
17	北原白秋＊	きたはらはくしゅう	國生雅子
18	斎藤茂吉＊	さいとうもきち	小倉真理子
19	塚本邦雄＊	つかもとくにお	島内景二
20	辞世の歌＊		松村雄二

第Ⅱ期　20冊　2011年（平23）10月配本開始

21	額田王と初期万葉歌人＊	ぬかたのおおきみ しょきまんようかじん	梶川信行
22	東歌・防人歌＊	あずまうた さきもりうた	近藤信義
23	伊勢＊	いせ	中島輝賢
24	忠岑と躬恒＊	みぶのただみね おおしこうちのみつね	青木太朗
25	今様＊	いまよう	植木朝子
26	飛鳥井雅経と藤原秀能＊	まさつね ひでよし	稲葉美樹
27	藤原良経＊	ふじわらのよしつね（りょうけい）	小山順子
28	後鳥羽院＊	ごとばいん	吉野朋美
29	二条為氏と為世＊	にじょうためうじ ためよ	日比野浩信
30	永福門院＊	えいふくもんいん（ようふくもんいん）	小林守
31	頓阿＊	とんな（とんあ）	小林大輔
32	松永貞徳と烏丸光広＊	ていとく みつひろ	高梨素子
33	細川幽斎＊	ほそかわゆうさい	加藤弓枝
34	芭蕉＊	ばしょう	伊藤善隆
35	石川啄木＊	いしかわたくぼく	河野有時
36	正岡子規＊	まさおかしき	矢羽勝幸
37	漱石の俳句・漢詩＊		神山睦美
38	若山牧水＊	わかやまぼくすい	見尾久美恵
39	与謝野晶子＊	よさのあきこ	入江春行
40	寺山修司＊	てらやましゅうじ	葉名尻竜一

第Ⅲ期　20冊　2012年（平24）6月配本開始

41	大伴旅人	おおとものたびと	中嶋真也
42	大伴家持	おおとものやかもち	池田三枝子
43	菅原道真	すがわらみちざね	佐藤信一
44	紫式部	むらさきしきぶ	植田恭代
45	能因	のういん	高重久美
46	源俊頼	みなもとのとしより（しゅんらい）	高野瀬恵子
47	源平の武将歌人		上宇都ゆりほ
48	西行	さいぎょう	橋本美香
49	鴨長明と寂蓮	ちょうめい じゃくれん	小林一彦
50	俊成卿女と宮内卿	しゅんぜいきょうじょ くないきょう	近藤香
51	源実朝	みなもとさねとも	三木麻子
52	藤原為家	ふじわらためいえ	佐藤恒雄
53	京極為兼	きょうごくためかね	石澤一志
54	正徹と心敬	しょうてつ しんけい	伊藤伸江
55	三条西実隆	さんじょうにし さねたか	豊田恵子
56	おもろさうし		島村幸一
57	木下長嘯子	きのした ちょうしょうし	大内瑞恵
58	本居宣長	もとおりのりなが	山下久夫
59	僧侶の歌	そうりょのうた	小池一行
60	アイヌ叙事詩ユーカラ		篠原昌彦

『コレクション日本歌人選』編集委員（和歌文学会）
松村雄二（代表）・田中　登・稲田利徳・小池一行・長崎　健